実写映画ノベライズ版

心が叫びたがってるんだ。

時海結以／著

超平和バスターズ／原作

熊澤尚人／監督

まなべゆきこ／脚本

★小学館ジュニア文庫★

もくじ

――昔《むかし》むかし、あるところに、とてもおしゃべりで、
夢見《ゆめみ》がちな少女《しょうじょ》がいました。
少女《しょうじょ》は夢見《ゆめみ》ます。
いつかわたしも、すてきな王子様《おうじさま》と、お城《しろ》の舞踏会《ぶとうかい》へ――

1 おしゃべりな女《おんな》の子《こ》

八年前《はちねんまえ》のことだ。

埼玉県《さいたまけん》の西部《せいぶ》にある、山《やま》に近《ちか》い街《まち》・秩父《ちちぶ》。ここで両親《りょうしん》とくらす成瀬順《なるせじゅん》は、小学四年生《しょうがくよねんせい》になったばかりの女《おんな》の子《こ》だった。

春《はる》の夜《よる》、赤《あか》い着物《きもの》を着《き》せてもらった順《じゅん》は、両親《りょうしん》と手《て》をつないで、お寺《てら》の縁日《えんにち》へ連《つ》れていってもらった。お寺《てら》の境内《けいだい》には屋台《やたい》がならび、おいしそうなにおいがして、お客《きゃく》をよびこむ声《こえ》がにぎやかだ。ちょうちんの明《あ》かりの下《もと》、おおぜいの人《ひと》たちが行《ゆ》き交《か》っている。

順《じゅん》は、ひさしぶりにパパとママと三人《さんにん》で出《で》かけられたことが、何《なに》よりもうれしかった。このごろパパは、仕事《しごと》がいそがしいと言《い》って、なかなか家《いえ》に帰《かえ》ってこないからだ。

だから、屋台《やたい》をのぞくよりも、パパやママとおしゃべりしたくてたまらなかった。きょう花《はな》をうえた、学校《がっこう》の花《か》だんの話《はなし》をする。

「でね、ママ、順《じゅん》が穴《あな》をほったら、こーんな大《おお》きなミミズが出《で》てきたんだよ。きっとあれは、ミミズの王様《おうさま》だよ。だって、こんなんだよ。こんな、こーんな大《おお》きくって」

しゃべるのに夢中《むちゅう》な順《じゅん》が人《ひと》にぶつかりそうになり、ママが手《て》をひっぱって笑《わら》う。

「はいはい。もう、順《じゅん》は本当《ほんとう》におしゃべりね」

パパも笑《わら》いながら、出店《でみせ》の前《まえ》で足《あし》を止《と》めた。カラフルな丸《まる》いものが、たくさんならんでいる。

「順《じゅん》、あんまりおしゃべりすぎると、玉子《たまご》の神様《かみさま》に、言葉《ことば》をとられちゃうぞ」

きらきらした黄色《きいろ》い丸《まる》いものを、パパが手《て》にとると、順《じゅん》にわたす。

「玉子《たまご》……の神様《かみさま》?」

黄色《きいろ》いものは、玉子《たまご》だった。玉子《たまご》の中身《なかみ》をぬいて、残《のこ》った殻《から》にきれいな色紙《いろがみ》をはりつけてある。貯金箱《ちょきんばこ》みたいな切《き》りこみの穴《あな》もあった。

「わあ、黄色《きいろ》!　青《あお》……ピンクもある!　黄色《きいろ》は王様《おうさま》で、青《あお》は王子様《おうじさま》。ピンクは――」

順《じゅん》は物語《ものがたり》を考《かんが》えるのが大好《だいす》きだった。お城《しろ》の王様《おうさま》や王子様《おうじさま》、お姫様《ひめさま》が出《で》てくるお話《はなし》で、順《じゅん》がいつもＤＶＤ《ディーブイディー》で見《み》ているアニメ映画《えいが》のストーリーのまねだった。

空想《くうそう》の物語《ものがたり》をしゃべり続《つづ》ける順《じゅん》に、パパは苦笑《くしょう》して、好《す》きな色《いろ》のをひとつ、買《か》ってあげると言《い》った――。


それから何日《なんにち》かして、学校《がっこう》の帰《かえ》りに、順《じゅん》はまた、裏山《うらやま》の上《うえ》にあるお城《しろ》を見《み》に行《い》った。

アーチ型《がた》の窓《まど》のある白《しろ》いかべと青《あお》いとんがり屋根《やね》の、アニメのお城《しろ》によくにた建《た》てものが、丘《おか》のような低《ひく》い裏山《うらやま》の上《うえ》にあって、順《じゅん》の家《いえ》の窓《まど》からも見《み》えたのだ。

(あのお城《しろ》で、舞踏会《ぶとうかい》が、いつも夜中《よなか》に開《ひら》かれてるんだ。きれいなドレスを着《き》たお姫様《ひめさま》が、王子様《おうじさま》とおどってる。いつか、わたしもその舞踏会《ぶとうかい》へ行《い》ってみたい)

走《はし》って、ゲートのところへついたとき、中《なか》から自動車《じどうしゃ》が出《で》てきた。パパの自動車《じどうしゃ》と同《おな》じタイプだ。道路《どうろ》の真《ま》ん中《なか》にいた順《じゅん》は、あわてて立木《たちき》のかげへにげた。

(パパ……？)

運転席《うんてんせき》にいたのは、やっぱりパパ。

助手席《じょしゅせき》には、若《わか》い女《おんな》の人《ひと》がいて、パパといちゃいちゃ、べたべたしている。

（パパだ！）

順《じゅん》の空想《くうそう》がふくらんだ。本当《ほんとう》は王子様《おうじさま》だったパパは、ドレスのお姫様《ひめさま》と、ならんで馬《うま》に乗《の》り、お花畑《はなばたけ》へ出《で》かけたのだ。

（ママにも、教《おし》えてあげなくちゃ！）


順《じゅん》が家《いえ》にかけこむと、ママがキッチンで夕《ゆう》ご飯《はん》を作《つく》っていた。

「ママ！　ママ、すごいよ！」

「どうしたの、順《じゅん》？　ただいまは？」

「ただいまっ。あのね、それでね、順《じゅん》、さっき、すっごいひみつ、知《し》っちゃった！」

順《じゅん》のやかましいおしゃべりはいつものことなので、ママが笑《わら》ってふりかえる。

「はいはい。どんなひみつ？」

「あのね、パパがね、お城《しろ》から出《で》てきたの」

「……お城《しろ》？」

また空想《くうそう》の話《はなし》、と思《おも》ったのか、ママは聞《き》き流《なが》してフライパンのほうへむく。

「そう。あそこのお山《やま》の上《うえ》の！」

順《じゅん》が窓《まど》を指《ゆび》さしたので、ママがぎくり、とした。けれど、順《じゅん》は気《き》がつかない。

「パパ、王子様《おうじさま》だったんだね。お姫様《ひめさま》は、ママじゃなかったけど……」

何《なに》かを知《し》ったのか、ママの顔色《かおいろ》が変《か》わってゆく。

「ママ、お夕飯《ゆうはん》作《つく》ってたから、舞踏会《ぶとうかい》、行《い》けなかったの？　だからパパ、ちがうお姫様《ひめさま》と」

「順《じゅん》」と、ママはこわい声《こえ》で、おしゃべりをさえぎった。

「……それ、だれにもしゃべっちゃだめよ」

「え？　なんで――」

「だめ！」

しゃべっちゃいけないの？　と聞《き》こうとした順《じゅん》の口《くち》を、ママが手《て》で強《つよ》くおさえた。ものすごくこわい目《め》で、順《じゅん》をにらみつける。

「もう二度《にど》と……しゃべっちゃ、だめ……」

順《じゅん》がうなずくまで、ママは手《て》を外《はず》してくれなかった。そしてもう、何《なに》も質問《しつもん》を受《う》けつけなかった。

それから、しばらくして、ある日《ひ》とつぜん、パパが荷物《にもつ》をまとめて、家《いえ》を出《で》ていった。ママがおこって、パパを追《お》いだしたってことくらいは、夜中《よなか》の両親《りょうしん》のどなりあいで、順《じゅん》にも見当《けんとう》がついた。

自動車《じどうしゃ》に乗《の》りこもうとしているパパを追《お》い、順《じゅん》はひっしにたのんだ。

「パパ、どこ行《い》くの？　ママとけんかしたんだったら、順《じゅん》が仲《なか》なおりさせてあげる。だからパパ、行《い》かないで！」

足《あし》を止《と》め、パパがふりかえる。感情《かんじょう》の消《き》えてしまったうつろなひとみで、順《じゅん》を見《み》る。

「順《じゅん》。おまえは本当《ほんとう》に、おしゃべりだな」

「……えっ？」

なんのことかわからず、きょとんとした順《じゅん》を、急《きゅう》に怒《いか》りに満《み》ちた目《め》になったパパが、にらみつけて言《い》い捨《す》てた。

「全部《ぜんぶ》、おまえのおしゃべりのせいじゃないか！」

ひどく冷《つめ》たい声《こえ》にショックを受《う》けた順《じゅん》が、ぼうぜんとしているすきに、パパは自動車《じどうしゃ》に乗《の》って去《さ》ってしまった。

順《じゅん》は泣《な》きながら、自分《じぶん》の部屋《へや》へかけこんだ。つくえにぶつかり、置《お》いてあったピンクの玉子《たまご》が、ゆかに転《ころ》がり落《お》ちる。

つくえにつっぷして泣《な》いていると、ママがようすを見《み》に来《き》た。

「順《じゅん》？」

パパが出《で》ていったのは、自分《じぶん》が何《なに》ごとかをママにしゃべったせいだ、と順《じゅん》は知《し》った。

(悪《わる》いのは順《じゅん》だ。パパは悪《わる》くない。謝《あやま》って、パパをゆるしてもらわなきゃ)

順《じゅん》は立《た》ちあがり、泣《な》きじゃくりながら、ママにむかって謝《あやま》ろうとした。一歩《いっぽ》ふみだしたはずみで、ピンクの玉子《たまご》をふんづけ、こわしてしまう。

「ママ……ご……ご……ごめん……な……」

そのとたん、お腹《なか》がちぎれそうに痛《いた》くなった。刃物《はもの》がいっぱいささって、体《からだ》が半分《はんぶん》に切《き》れてしまいそうな、気《き》が遠《とお》くなりそうな痛《いた》みだ。

よろめいた順《じゅん》は、お腹《なか》をおさえて、うずくまった。

「……い……痛《いた》い……！」

声《こえ》を出《だ》すと、もっと痛《いた》くなる。

(順《じゅん》のせいだ……順《じゅん》がしゃべったから……)

ごめんなさい、と言《い》おうとすればするほど、痛《いた》みがはげしくなる。歯《は》をくいしばったけれど、がまんできずに、順《じゅん》はのたうちまわりはじめた。


順《じゅん》がパパを見《み》たのは、その日《ひ》が最後《さいご》だった。

そして、順《じゅん》はその日《ひ》から、声《こえ》を失《うしな》ってしまった。

＊　＊　＊

そして、現在《げんざい》。

高校三年生《こうこうさんねんせい》になった春《はる》の朝《あさ》、この街《まち》の揚羽高校《あげはこうこう》に通《かよ》う坂上拓実《さかがみたくみ》は、学《がく》ランで自転車《じてんしゃ》を走《はし》らせ、学校《がっこう》へむかっていた。

お寺《てら》の前《まえ》を通《とお》りかかると、きらきらしてカラフルな丸《まる》いものが、ころころと十数個《じゅうすうこ》、山《さん》門《もん》に続《つづ》く坂《さか》の上《うえ》から転《ころ》がってきた。それは道路《どうろ》いっぱいに広《ひろ》がり、ふみつけそうになって、拓実《たくみ》はあわててブレーキをかけた。

「あっ、お兄《にい》さん、拾《ひろ》って、拾《ひろ》って」

と言《い》いながら、ざるをかかえたお坊《ぼう》さんが、しゃがんで丸《まる》いものを拾《ひろ》い集《あつ》めだす。拓実《たくみ》も急《いそ》いで自転車《じてんしゃ》から降《お》りた。


拾《ひろ》い集《あつ》めた丸《まる》いものを、お坊《ぼう》さんがお堂《どう》の前《まえ》にならべてつるすのを、拓実《たくみ》も手伝《てつだ》った。

この丸《まる》いものは、玉子《たまご》の殻《から》に色紙《いろがみ》をはり、つるす糸《いと》をつけたものだった。玉子《たまご》には、貯金《ちょきん》箱《ばこ》みたいな切《き》りこみの穴《あな》がある。

毎日前《まいにちまえ》を通《とお》っても、お寺《てら》に入《はい》ったことなどなかった拓実《たくみ》が、なんだろう、と切《き》りこみをのぞいていると、お坊《ぼう》さんが教《おし》えてくれた。

「これは、奉納玉子《ほうのうたまご》、だよ。ここの仏様《ほとけさま》は言葉《ことば》が大好《だいす》きでな。この玉子《たまご》に言葉《ことば》をささげると、お供《そな》えになる」

お坊《ぼう》さんが視線《しせん》で示《しめ》した先《さき》には台《だい》があり、奉納玉子《ほうのうたまご》の供《そな》えかたを書《か》いた紙《かみ》と、ペンや小《ちい》さな紙切《かみき》れが置《お》いてあった。奉納玉子《ほうのうたまご》を買《か》い、あの紙切《かみき》れに言葉《ことば》を書《か》いて、切《き》りこみから入《い》れるらしい。

言葉《ことば》のお供《そな》えなんて、初《はじ》めて聞《き》いた拓実《たくみ》は、お坊《ぼう》さんにたずねた。

「言葉《ことば》をささげる……どんな言葉《ことば》でも、いいんですか？」

「ああ、いいよ。でも、悪《わる》い言葉《ことば》をささげると、仏様《ほとけさま》に言葉《ことば》をとりあげられてしまう。いい言葉《ことば》をささげれば、何《なに》かしら御利益《ごりやく》がある、といわれている」

「へえ……」

手《て》にしていた黄色《きいろ》い奉納玉子《ほうのうたまご》を、拓実《たくみ》はあらためて見《み》つめた。

(いい言葉《ことば》をささげるのか)


同《おな》じ朝《あさ》。

揚羽高校三年生《あげはこうこうさんねんせい》になっていた成瀬順《なるせじゅん》は、人目《ひとめ》をさけるように身《み》をちぢこませながら、登《とう》校《こう》した。だれとも目《め》をあわさないよう、うつむいて教室《きょうしつ》へむかう。

声《こえ》が出《だ》せなくても、順《じゅん》の心《こころ》の中《なか》は、言葉《ことば》でいっぱいだった。言葉《ことば》は物語《ものがたり》を組《く》み立《た》て、長《なが》い長《なが》いストーリーが、口《くち》からあふれそうになる。

でも、だれにも言《い》えない。声《こえ》にすれば、お腹《なか》が痛《いた》くなるから。

苦《くる》しくなると、順《じゅん》は制服《せいふく》のポケットからメモ帳《ちょう》を出《だ》して、その物語《ものがたり》を書《か》いた。きょうも、登校《とうこう》するまでにふくらんだ物語《ものがたり》を、わたり廊下《ろうか》のすみで立《た》ち止《ど》まって、メモする。

《――少女《しょうじょ》は玉子《たまご》に言葉《ことば》をささげ、声《こえ》を失《うしな》う》

悪《わる》い玉子《たまご》の精《せい》にそそのかされ、大切《たいせつ》な言葉《ことば》をわたしてしまった結果《けっか》、声《こえ》をなくした少女《しょうじょ》の物語《ものがたり》。

その少女《しょうじょ》は、順《じゅん》の分身《ぶんしん》だった。少女《しょうじょ》はいつも、休《やす》むことなく順《じゅん》の心《こころ》の中《なか》で何《なに》かをしていて、いろんなことを思《おも》っていて、物語《ものがたり》の主人公《しゅじんこう》だった。

「成瀬《なるせ》さん、おはよう」

ふいに女子《じょし》から声《こえ》をかけられ、順《じゅん》はすくみあがった。

ふりむくと、同《おな》じクラスの仁藤菜月《にとうなつき》だった。さらさらの長《なが》い髪《かみ》をした菜月《なつき》は、美人《びじん》で、やさしくて、チアリーダー部《ぶ》に所属《しょぞく》している。

順《じゅん》はメモ帳《ちょう》をポケットにつっこむと、ぺこっと頭《あたま》を下《さ》げ、にげだした。

(話《はな》しかけないで。わたしに話《はな》しかけたら、だめ。わたしの声《こえ》は、呪《のろ》われてるんだから)

後《うし》ろから、菜月《なつき》の友人《ゆうじん》の声《こえ》が聞《き》こえてくる。

「いいかげん、あきらめたら？　いくら菜月《なつき》でも、成瀬順《なるせじゅん》をしゃべらせるの、無理《むり》だって」

すると、菜月《なつき》がきれいな声《こえ》で、やさしくこたえた。

「そんなつもりないよ。クラスメートにはあいさつ、するでしょ？」

三年二組《さんねんにくみ》の教室《きょうしつ》で、自分《じぶん》の席《せき》にすわった順《じゅん》がメモ帳《ちょう》に続《つづ》きを書《か》いていると、予鈴《よれい》が鳴《な》った。それと同時《どうじ》に、近《ちか》くの席《せき》にすべりこみでついた生徒《せいと》がいる。

坂上拓実《さかがみたくみ》だ。おとなしそうな男子《だんし》で、目立《めだ》つところはない。

「拓《たく》ちゃん、おはよう」

と、いつも拓実《たくみ》とつるんでいる大《おお》がらなメガネ男子相沢《だんしあいざわ》が、前《まえ》の席《せき》から声《こえ》をかける。

「おはよう」

拓実《たくみ》がこたえたとき、担任《たんにん》の城嶋先生《じょうしませんせい》が教室《きょうしつ》に入《はい》ってきた。担当教科《たんとうきょうか》は音楽《おんがく》で、いつもマイペース、三十代半《さんじゅうだいなか》ばくらいの男《おとこ》の先生《せんせい》だ。あだ名《な》は「嶋《しま》っちょ」。

「よーっす、席《せき》ついてみっかぁ」

嶋《しま》っちょのかけ声《ごえ》で、ホームルームがはじまる。

「えー、今回《こんかい》、学年《がくねん》を代表《だいひょう》して参加《さんか》することになった、『地域《ちいき》ふれあい交流会《こうりゅうかい》』、ふれ交《こう》の実行委員《じっこういいん》ね。もう時間《じかん》ないから、先生《せんせい》が決《き》めてきましたぁ」

『地域《ちいき》ふれあい交流会《こうりゅうかい》』というのは、この街《まち》の青年会《せいねんかい》が主催《しゅさい》し、市民会館《しみんかいかん》のステージで、地域《ちいき》のいろいろな団体《だんたい》が演《だ》しものをする、文化祭《ぶんかさい》か学芸会《がくげいかい》みたいなものだ。

小学校《しょうがっこう》のリコーダークラブ、中学校《ちゅうがっこう》の吹奏楽部《すいそうがくぶ》、フラダンス・サークル、コーラス・グループ、そんな団体《だんたい》が日頃《ひごろ》の練習《れんしゅう》の成果《せいか》を発表《はっぴょう》し、集《あつ》まった地域《ちいき》の人《ひと》たちに観《み》てもらう。

揚羽高校《あげはこうこう》の三年生《さんねんせい》からも、一《ひと》クラスが出演《しゅつえん》するのが恒例《こうれい》となっていた。先生《せんせい》たちの話《はな》しあいの結果《けっか》、出《で》ることになったのがこの二組《にくみ》だったというわけだ。

なんで、うちのクラスだけ、というのがみんなの不満《ふまん》だった。部活《ぶかつ》にも勉強《べんきょう》にもさしつかえる。だから、実行委員《じっこういいん》なんてめんどうくさい仕事《しごと》、やりたい生徒《せいと》はいない。

「え、何《なに》それ」

「勝手《かって》すぎじゃない？」

「嶋《しま》っちょ、強引《ごういん》」

クラス中《じゅう》から、文句《もんく》たらたらの声《こえ》がわきあがった。それにかまわず、城嶋先生《じょうしませんせい》は黒板《こくばん》に名前《なまえ》を書《か》いてゆく。

『坂上拓実《さかがみたくみ》　田崎大樹《たさきだいき》　成瀬順《なるせじゅん》　仁藤菜月《にとうなつき》』

「――以上《いじょう》、四名《よんめい》のみなさんです。よろしく」

順《じゅん》はおどろき、黒板《こくばん》を見《み》なおした。どう見《み》ても、『成瀬《なるせ》』と書《か》いてある。拓実《たくみ》が盛大《せいだい》にため息《いき》をついたのが、耳《みみ》に入《はい》った。

（……いや……いやだ……だれかと話《はな》さなきゃならなくなるなんて、ぜったいにいや）

どうしてしゃべれない自分《じぶん》がえらばれたのか、わけがわからない。

しゃべるのはいやだ……順《じゅん》はこわくなって、ふるえた。

えらばれなかった生徒《せいと》たちがほっとして、息《いき》をもらしたとたん、窓際《まどぎわ》の列《れつ》のいちばん後《うし》ろで、がんっ、と、つくえがけとばされる音《おと》がした。ぎくっとして、全員《ぜんいん》がふりかえる。

けったのは、田崎大樹《たさきだいき》だった。右《みぎ》うでを三角巾《さんかくきん》で肩《かた》からつっている。野球部《やきゅうぶ》のエースピッチャーだったけれど、去年《きょねん》の秋《あき》にあった春《はる》の甲子園《こうしえん》に向《む》けた地区大会《ちくたいかい》で、ひじをこわして投《な》げられなくなったのだ。

ぎろっと、城嶋先生《じょうしませんせい》をにらみつけ、大樹《だいき》は声《こえ》を荒《あら》らげた。

「やらねぇっすよ、オレ。部活《ぶかつ》いそがしいし。もっとヒマそうなやつ、えらんでくださいよっ」

大樹《だいき》の剣幕《けんまく》を、城嶋先生《じょうしませんせい》は笑顔《えがお》でかわす。

「田崎《たさき》。おれはそういうひいき、しないの。時間《じかん》はみんな、平等《びょうどう》なんだからさ。♪成瀬《なるせ》も〜　仁藤《にとう》も〜　坂上《さかがみ》も〜〜〜」

いきなり、みょうなメロディーで歌《うた》いだす城嶋先生《じょうしませんせい》に、みんなあきれ顔《がお》になる。大樹《だいき》もあきれはて、おこる気《き》が失《う》せたらしい。

「……わけわかんね」と、投《な》げやりに言《い》い捨《す》て、うつむく。

教壇《きょうだん》から城嶋先生《じょうしませんせい》は、ぐるっと生徒《せいと》たちを見《み》わたした。

「何《なに》か言《い》いたいことがある人《ひと》は、今《いま》、言《い》ってね。あとからは受《う》けつけないから」

「どうせ言《い》ってもむだ」と、拓実《たくみ》がつぶやいている。

(いやだ……いやだって、今《いま》、言《い》わなきゃ……言《い》わなきゃ！)

順《じゅん》はぎゅーっと、つくえの下《した》でスカートをにぎると、立《た》ちあがった。

(言《い》わなきゃ!!)

ひっしに、声《こえ》をのどの奥《おく》からしぼりだす。

「……い……や……」

かすれた、変《へん》なうめき声《ごえ》が、口《くち》からもれた。言葉《ことば》になっていない。

「ん？　どうした、成瀬《なるせ》」

「……い、や……です！」

さけんだとたん、お腹《なか》がねじ切《き》れそうに痛《いた》くなる。吐《は》きそうになり、順《じゅん》は体《からだ》を丸《まる》め、お腹《なか》をおさえて、ざわつく教室《きょうしつ》を飛《と》びだした。

その日《ひ》の放課後《ほうかご》、第二体育館《だいにたいいくかん》。

チアリーダー部《ぶ》の練習《れんしゅう》の休憩時間《きゅうけいじかん》に、菜月《なつき》と、友人《ゆうじん》で同《おな》じクラスの宇野陽子《うのようこ》、江田明日香《えだあすか》は、ホームルームでのできごとについての話《はなし》になった。宇野《うの》と江田《えだ》が、成瀬順《なるせじゅん》がしゃべったことにおどろいていた。ふたりだけでなく、クラス全員《ぜんいん》がおどろいたのだが。

「けさの成瀬《なるせ》、びっくりだったよね」

「初《はじ》めてしゃべったね。ね、菜月《なつき》」

「うん……体調《たいちょう》、悪《わる》いのかな」

真《ま》っ青《さお》になって教室《きょうしつ》を出《で》ていった順《じゅん》だが、二時間《にじかん》めからはふつうに授業《じゅぎょう》に参加《さんか》していた。

「で、どうなの、菜月《なつき》。坂上《さかがみ》といっしょに実行委員《じっこういいん》とか」

江田《えだ》が聞《き》くと、宇野《うの》も身《み》を乗《の》りだす。

「ああ、そうだよ！　元彼《もとかれ》といっしょだと、やっぱ気《き》まずい？」

中学二年生《ちゅうがくにねんせい》の一時期《いちじき》……といっても、ひと月《つき》ほどだったけれど、菜月《なつき》は拓実《たくみ》とつきあっていた。バレンタインデーに菜月《なつき》から告白《こくはく》して、拓実《たくみ》がＯＫ《オーケー》したものの……拓実《たくみ》が菜月《なつき》とつきあっていて、本当《ほんとう》に楽《たの》しいのかどうか、菜月《なつき》にはよくわからなかった。

ふたりでいっしょに帰《かえ》るだけの仲《なか》で、手《て》さえつないだことなくて、拓実《たくみ》は照《て》れてばかりいた。けれど、心《こころ》づかいのできる、菜月《なつき》をまっすぐ見《み》てくれる、おだやかな少年《しょうねん》に思《おも》えて、心地《ここち》よかった。つきあえてうれしかった。

それなのに……ホワイトデーのある事件《じけん》から距離《きょり》が開《ひら》き、三年生《さんねんせい》になったらクラスがべつべつになったので、自然消滅《しぜんしょうめつ》。

けれど高校《こうこう》に入《はい》ってみたら、同《おな》じ学校《がっこう》で、しかも今年《ことし》は同《おな》じクラス。

もう、せつなくはないけれど、気《き》にならないわけでもない。

「別《べつ》に、中学《ちゅうがく》のときのことなんて、もう……。それより、部活《ぶかつ》も受験勉強《じゅけんべんきょう》もあるし、ちゃんと委員《いいん》ができるのかなってことのほうが」

菜月《なつき》のこたえに、江田《えだ》と宇野《うの》が目《め》を丸《まる》くした。勝手《かって》に決《き》められた委員《いいん》を、菜月《なつき》が断《ことわ》らないことに、あきれ、苦笑《くしょう》する。

「……菜月《なつき》、まじめすぎ」

「まあ、今《いま》さら菜月《なつき》が坂上《さかがみ》なんか、相手《あいて》にするわけないか」

……気《き》にならないわけでは……ない。拓実《たくみ》が委員《いいん》をやるのなら……。

同《おな》じ放課後《ほうかご》、野球部《やきゅうぶ》が練習《れんしゅう》しているグラウンドでは、学《がく》ランを着《き》たままの大樹《だいき》が、いらつきながらベンチに陣《じん》どっていた。ユニフォームに着《き》がえたところで、このけがでは、練《れん》習《しゅう》には参加《さんか》できない。

キャプテンで、同《おな》じクラスの親友《しんゆう》・三嶋樹《みしまいつき》が話《はな》しかけてくる。

「大《だい》ちゃん、本当《ほんとう》にやらないの？　ふれ交《こう》の実行委員《じっこういいん》」

「当《あ》たり前《まえ》だろ？　嶋《しま》っちょのやろー、勝手《かって》に決《き》めやがって」

そこへ、後輩《こうはい》たちが三嶋《みしま》をよびに来《き》た。

「キャプテン、準備《じゅんび》できました」

いらいらしていた大樹《だいき》は、後輩《こうはい》たちをどなりつけた。

「おせぇよ、おまえら！　もっと、ちゃっちゃと準備《じゅんび》しろよっ」

「ウス！　すみません！」

頭《あたま》を下《さ》げる後輩《こうはい》たちの中《なか》、上目《うわめ》づかいにこちらをにらんでいる二年生《にねんせい》ピッチャーに、大《だい》樹《き》はますますいらついた。

「山路《やまじ》！　今《いま》のエースはおまえなんだからな！　みんなをもっとまとめろや！」

「……ウス」

不満《ふまん》をかくさない声《こえ》で、ピッチャーの山路《やまじ》がこたえた。急《いそ》いで割《わ》って入《はい》った三嶋《みしま》が、笑《え》顔《がお》で明《あか》るく言《い》う。

「よし、じゃあ、はじめようか」

部員《ぶいん》たちがグラウンドへと散《ち》っていった。三角巾《さんかくきん》でつった自分《じぶん》の右《みぎ》うでを見《み》つめ、大樹《だいき》はくちびるをかんだ。

いつになったら、このけがは、よくなるのだろう。


やはり同《おな》じ放課後《ほうかご》、パソコン部《ぶ》に間借《まが》りしている拓実《たくみ》たちＤＴＭ研究会《ディーティーエムけんきゅうかい》も、実行委員《じっこういいん》について話《はな》していた。ＤＴＭ研究会《ディーティーエムけんきゅうかい》とは、パソコンのソフトで作曲《さっきょく》や編曲《へんきょく》をして楽《たの》しむ会《かい》で、メンバーは拓実《たくみ》と相沢《あいざわ》、同《おな》じクラスの岩木《いわき》の三人《さんにん》だ。

城嶋先生《じょうしませんせい》から勝手《かって》に決《き》められて、うかない顔《かお》の拓実《たくみ》を、岩木《いわき》と相沢《あいざわ》がなぐさめる。

「アンニュイだね、拓《たく》ちゃん」

「ふれ交《こう》なんか、てきとうに流《なが》しゃいいじゃん。どうせ客《きゃく》なんて、近所《きんじょ》のじいさんばあさんぐらいしか来《こ》ねぇんだからさ」

「まあ、な……」と、うなずいたものの、はぁ……、とため息《いき》ばかりの拓実《たくみ》に、岩木《いわき》が心配《しんぱい》そうに言《い》った。

「そんなにいやだったら、嶋《しま》っちょにはっきり断《ことわ》ったら？　成瀬《なるせ》だって、あんなにひっしで、さけんだんだからさ」

「そういえばオレ、成瀬《なるせ》の声《こえ》、初《はじ》めて聞《き》いたかも」

と、相沢《あいざわ》が言《い》う。しゃべったところを見《み》たことがない、国語《こくご》や英語《えいご》で音読《おんどく》を当《あ》てられても無言《むごん》で立《た》っているだけの成瀬順《なるせじゅん》の声《こえ》を、拓実《たくみ》も初《はじ》めて聞《き》いた。

（あいつでさえ……）

順《じゅん》に比《くら》べたら、自分《じぶん》はもっとかんたんに、気持《きも》ちを言《い》うことができる。言《い》わずに、ただ「いやだ」と思《おも》っていても、察《さっ》してもらえるはずがない。

「おれ、ちょっと……行《い》ってくる」

拓実《たくみ》は決意《けつい》して、立《た》ちあがった。

2 気持《き》ち《も》を伝《つた》えるには

城嶋先生《じょうしませんせい》のいる音楽準備室《おんがくじゅんびしつ》へやってきた拓実《たくみ》だったけれど、先生《せんせい》は留守《るす》だった。

室内《しつない》は、城嶋先生《じょうしませんせい》の趣味《しゅみ》の私物《しぶつ》であふれている。民族楽器《みんぞくがっき》や、海外旅行《かいがいりょこう》のおみやげのかざりもの、古《ふる》い映画《えいが》のポスター……。

「つたく。自由《じゆう》すぎだろ、嶋《しま》っちょ」

たなに置《お》いてある、黄色《きいろ》いマラカスが拓実《たくみ》の目《め》にとまった。丸《まる》くてころんとした形《かたち》に見《み》おぼえがある。拓実《たくみ》はマラカスを手《て》にとると、ふって、しゃかしゃかと音《おと》を出《だ》してみた。

「けさの玉子《たまご》みてぇ……」

マラカスをもどそうとして、となりにあった青《あお》いアコーディオンに気《き》がついた。拓実《たくみ》はつい、アコーディオンにも手《て》をのばしていた。

（やっぱり、実行委員《じっこういいん》なんて、ぜったいに、ぜえったいに、いやだ！）

なやみになやんだ順《じゅん》は、放課後《ほうかご》、紙《かみ》に言《い》いたいことを書《か》くと、城嶋先生《じょうしませんせい》にわたすため、音楽準備室《おんがくじゅんびしつ》へむかった。

準備室《じゅんびしつ》のドアに近《ちか》づくと、中《なか》から、楽器《がっき》がかなでるやわらかな和音《わおん》と、和音《わおん》にあわせた、男子《だんし》の声《こえ》が聞《き》こえてきた。さわやかで、やさしい声《こえ》だ。

「♪たーまーごー、たーまーごー」

（たまご……玉子《たまご》？）

順《じゅん》がドアからそっとのぞくと、いすにこしかけた坂上拓実《さかがみたくみ》の横顔《よこがお》が見《み》えた。拓実《たくみ》がアコーディオンをひきながら、歌《うた》いはじめる。

「♪玉子《たまご》にささげよう　Beautiful words《ビューティフル ワーズ》（美《うつく》しい言葉《ことば》）言葉《ことば》をささげよう」

その歌詞《かし》にびっくりして、順《じゅん》の息《いき》がいっしゅん止《と》まった。

（玉子《たまご》に言葉《ことば》を……ささげる⁉）

物語《ものがたり》を書《か》いたメモ帳《ちょう》を、順《じゅん》は制服《せいふく》のポケットの上《うえ》から片手《かたて》でおさえた。そして、自分《じぶん》のむねも、もう片方《かたほう》の手《て》でおさえる。

(坂上《さかがみ》くん……なんで……わたしの心《こころ》の中《なか》を⁇)

どきどきしてきて、苦《くる》しい。そのとき、急《きゅう》に背後《はいご》で声《こえ》がした。

「お、千客万来《せんきゃくばんらい》？」

城嶋先生《じょうしませんせい》だ。おどろいた順《じゅん》は、持《も》っていた紙《かみ》を落《お》としたのにも気《き》づかず、にげだした。

「あれぇ？　成瀬《なるせ》？」

先生《せんせい》がよびとめるけれど、話《はな》したくないし、話《はな》すこともできない。順《じゅん》は校舎《こうしゃ》の屋上《おくじょう》までにげて、ようやく一息《ひといき》つき、ポケットからメモ帳《ちょう》を出《だ》した。けさ書《か》いた文字《もじ》を読《よ》み返《かえ》す。

《――少女《しょうじょ》は玉子《たまご》に言葉《ことば》をささげ、声《こえ》を失《うしな》う》

(なんで……でも……わかってくれる人《ひと》がいた……言《い》わなくても、わかってくれる人《ひと》がいるんだ！)

坂上拓実《さかがみたくみ》くん。特別気《とくべつき》にしたことはなかったけれど……あんな、やさしい声《こえ》で歌《うた》うことができるんだ。知《し》らなかった。

うれしい。どきどきが、止《と》まらない。順《じゅん》はメモ帳《ちょう》をだきしめ、青空《あおぞら》をあおいだ。

音楽準備室《おんがくじゅんびしつ》では、順《じゅん》の落《お》とした紙《かみ》を、城嶋先生《じょうしませんせい》が声《こえ》に出《だ》して読《よ》みあげていた。

『地域《ちいき》ふれあい交流会《こうりゅうかい》の実行委員《じっこういいん》の件《けん》、つつしんで辞退《じたい》させていただきたくぞんじます』

やっぱりな、と思《おも》いながら、拓実《たくみ》も先生《せんせい》に伝《つた》える。

「おれの用件《ようけん》も、成瀬《なるせ》と同《おな》じです」

すると先生《せんせい》は、紙《かみ》を丸《まる》めてゴミ箱《ばこ》へ捨《す》ててしまった。拓実《たくみ》はあせった。

「何《なに》やってるんですかっ」

すっとぼけた口調《くちょう》で、先生《せんせい》がこたえる。

「ん？　見《み》なかったことにしようと思《おも》って。問題《もんだい》ないっしょ。成瀬《なるせ》から直接《ちょくせつ》、受《う》けとったわけじゃないし」

そんなめちゃくちゃな、と拓実《たくみ》が顔《かお》をしかめると、先生《せんせい》が拓実《たくみ》をふりかえった。

「で、おまえはなんだっけ？」

だめだ、これは……と、ため息《いき》とともに、拓実《たくみ》はあきらめた。

「いいですよ、もう……」

「そう？　あ、そういや、さっきのよかったよ。アコーディオンでひいてた……『Around《アラウンド》 the《ザ》 World《ワールド》』。古《ふる》い映画音楽《えいがおんがく》なのに、よく知《し》ってたな」

聞《き》かれてたんだ、と拓実《たくみ》ははずかしくなった。目《め》をそらして、うなずく。

「……はぁ……まあ……」

拓実《たくみ》の父《ちち》は音楽好《おんがくず》きで、家《いえ》にはたくさんのCD《シーディー》があり、おさないころからよくいっしょに聞《き》いていた。『Around《アラウンド》 the《ザ》 World《ワールド》』は、『80日間世界一周《にちかんせかいいっしゅう》』という六十年《ろくじゅうねん》あまり昔《むかし》の、冒険映画《ぼうけんえいが》のテーマ曲《きょく》だ。

とつぜん思《おも》いついたように、城嶋先生《じょうしませんせい》は目《め》をかがやかせて、拓実《たくみ》に言《い》った。

「あ！　なあ、ふれ交《こう》の演《だ》しものさ、ミュージカルとか、どうよ？　ピンと来《き》ちゃったんだよねー、おまえが歌《うた》ってるの見《み》て」

またまた、さらにめんどうくさいことを……いやだなあ……と拓実《たくみ》はうんざりする。

「……どうせ、みんな賛成《さんせい》しませんよ」

すると先生《せんせい》は、拓実《たくみ》をじっと見《み》つめた。

「おまえさぁ。いつもそうやって、自分《じぶん》の本音《ほんね》、言《い》わないのな」

本音《ほんね》……拓実《たくみ》はどきっとした。

「『みんな』じゃなくて、『おまえ』はどう思《おも》うよ？　おまえ自身《じしん》の気持《きも》ちは？」

「失礼《しつれい》します」

拓実《たくみ》は準備室《じゅんびしつ》からにげだした。


そのまま、学校《がっこう》からもにげだし、自転車《じてんしゃ》で帰宅《きたく》した拓実《たくみ》だった。拓実《たくみ》の家《いえ》は、元農家《もとのうか》の古《ふる》い和風民家《わふうみんか》だ。

「ただいま」と玄関《げんかん》の引《ひ》き戸《ど》を開《あ》けると、生命保険会社《せいめいほけんがいしゃ》の外交員《がいこういん》の女性《じょせい》が、パンフレットを祖母《そぼ》にわたしているところだった。四十代前半《よんじゅうだいぜんはん》くらいの、やつれたかんじの女性《じょせい》だ。

いつものように、祖母《そぼ》が拓実《たくみ》を、あたたかな笑顔《えがお》でむかえてくれた。

「あ、たっくん、お帰《かえ》り」

「ああ、お孫《まご》さんの――」と女性《じょせい》もふりむき、拓実《たくみ》の学《がく》ランのえりにとめられた揚羽高校《あげはこうこう》の校章《こうしょう》に気《き》づいたらしく、ぎくりとした顔《かお》になった。

「どうかなさった？」

祖母《そぼ》にたずねられて、女性《じょせい》はあせったようすになると、玄関《げんかん》のあがりかまちに広《ひろ》げていたパンフレットを、まとめてバッグにつっこむ。

「じゃあ、わたしはこれで、失礼《しつれい》いたします」

話《はなし》のとちゅうみたいだったのに、女性《じょせい》がそそくさと出《で》ていったため、拓実《たくみ》はふしぎに思《おも》った。

祖母《そぼ》がおやつを用意《ようい》してくれたので、拓実《たくみ》は祖父《そふ》や祖母《そぼ》と、茶《ちゃ》の間《ま》の座卓《ざたく》についた。

「今《いま》の人《ひと》、女手《おんなで》ひとつでお子《こ》さん育《そだ》ててるんだって。えらいわねえ」

祖父《そふ》がたずねる。

「拓実《たくみ》と同《おな》じ年《とし》の、娘《むすめ》さんだっけ？」

「そう。地元《じもと》の高校《こうこう》だって言《い》ってたから、たっくんと同《おな》じ高校《こうこう》かもねえ。たっくん、知《し》らない？　成瀬《なるせ》さん」

「成瀬《なるせ》って……成瀬順《なるせじゅん》？」

反射的《はんしゃてき》にうかんだ名前《なまえ》を拓実《たくみ》がこたえると、祖母《そぼ》は首《くび》をかしげた。

「名前《なまえ》までは……。でも、明《あか》るくておしゃべりな娘《むすめ》さんらしいわ。いつもお友《とも》だちと長電《ながでん》話《わ》していて、電話代《でんわだい》がすごいって」

「ふーん……じゃあ、ちがうな」

なので、その話題《わだい》はそこまでになった。


同《おな》じ日《ひ》の夜《よる》。順《じゅん》は母《はは》の泉《いずみ》とふたり、むかいあって、無言《むごん》で夕食《ゆうしょく》を食《た》べていた。見《み》ているわけでもないのに、つけっぱなしのテレビの音《おと》が、やけに大《おお》きくひびいている。

画面《がめん》は銀行《ぎんこう》のＣＭ《シーエム》から、泉《いずみ》が働《はたら》いている生命保険会社《せいめいほけんがいしゃ》のＣＭ《シーエム》に変《か》わった。

（このメロディー！）

花畑《はなばたけ》をドローンで空中撮影《くうちゅうさつえい》した画像《がぞう》にかぶせて、楽《たの》しげな三拍子《さんびょうし》の曲《きょく》が流《なが》れてくる。それは、きょう、拓実《たくみ》が歌《うた》っていたメロディーだった。

思《おも》わず、はしと茶《ちゃ》わんを持《も》ったまま、順《じゅん》はテレビをふりかえった。でも、『玉子《たまご》の歌《うた》』の歌詞《かし》がテロップに出《で》ているわけではない。

「順《じゅん》？　どうかした？」

（きょう、この歌《うた》を歌《うた》っている人《ひと》がいたの。わたしの心《こころ》の中《なか》を知《し》っているみたいな歌《うた》。その人《ひと》の名前《なまえ》はね——）

ついしゃべりそうになり……でも、順《じゅん》は開《ひら》きかけた口《くち》を閉《と》じた。お腹《なか》が痛《いた》くなるのもあるけれど、母《はは》の疲《つか》れきった顔《かお》が目《め》に入《はい》ったからだ。

（ママが疲《つか》れているのは、わたしのせい。パパの分《ぶん》まで働《はたら》かないといけないのは、わたしのおしゃべりのせいなんだ）

なんでもない、と首《くび》をふると、母《はは》はため息《いき》をつき、「ごちそうさま」と食器《しょっき》を片《かた》づけはじめた。

（ごめんなさい、ママ……）

——坂上家《さかがみけ》をたずねた保険外交員《ほけんがいこういん》は、順《じゅん》の母《はは》、成瀬泉《なるせいずみ》だった。

翌日《よくじつ》、城嶋先生《じょうしませんせい》の音楽《おんがく》の授業《じゅぎょう》は、つぎの授業《じゅぎょう》を別《べつ》の日《ひ》の音楽《おんがく》と交換《こうかん》して、二時限分《にじげんぶん》ぶっつづけになった。そのわけは——『Over《オーバー》 the《ザ》 Rainbow《レインボウ》』と黒板《こくばん》に書《か》かれた文字《もじ》だ。

教壇《きょうだん》に立《た》った城嶋先生《じょうしませんせい》はごきげんで、三年二組《さんねんにくみ》の生徒《せいと》たちに説明《せつめい》した。

「きょうは、ミュージカルについて、勉強《べんきょう》してみよう」

それで理解《りかい》し、ひっそりとため息《いき》をついたのは拓実《たくみ》だけだ。生徒《せいと》たちは無関心《むかんしん》で、勝手《かって》に雑談《ざつだん》している。こんな、だれも聞《き》いていない音楽《おんがく》の授業《じゅぎょう》、いつものことだった。

先生《せんせい》はおかまいなしで、語《かた》り続《つづ》けている。

「音楽《おんがく》には、ふしぎな力《ちから》があってな。……ふだん、言葉《ことば》で言《い》えないような、こっぱずかしい気持《きも》ちも、歌《うた》にして歌《うた》うと、なぜか、心《こころ》にするっと入《はい》ってくる——」

そして、約百分間《やくひゃっぷんかん》の作品《さくひん》、七十八年前《ななじゅうはちねんまえ》のミュージカル映画《えいが》『The Wizard of Oz《ザ ウィザード オブ オズ》』（オズの魔法使《まほうつかい》）のＤＶＤ《ディーブイディー》が上映《じょうえい》される。古《ふる》い古《ふる》い映画《えいが》とは思《おも》えないほど、あざやかな色《いろ》の映画《えいが》だ。

歌《うた》わなければならない音楽《おんがく》の授業《じゅぎょう》が特《とく》にいやで、いつもずっと下《した》をむいてやりすごしていた順《じゅん》は、スクリーンから聞《き》こえる美《うつく》しい歌声《うたごえ》に、顔《かお》をあげ、心《こころ》をうばわれた。

『Over the Rainbow《オーバー ザ レインボウ》』（虹《にじ》の彼方《かなた》に）——聞《き》いたことのある、ロマンティックで夢《ゆめ》のあるメロディー。この映画《えいが》のテーマ曲《きょく》だったのだ。

そして、初《はじ》めて見《み》たミュージカルは、とてもおもしろかった。セリフではなく、歌《うた》いながらおどって、気持《きも》ちを伝《つた》えるのだ。

（すてき……歌《うた》うって、すてきなことだったんだ……）

順《じゅん》が、こんなにうっとりした気持《きも》ちになったのは、ひさしぶりだった。

音楽《おんがく》の授業《じゅぎょう》が終《お》わった。音楽室《おんがくしつ》を出《で》た順《じゅん》の前《まえ》を、拓実《たくみ》や相沢《あいざわ》や岩木《いわき》が歩《ある》いている。相沢《あいざわ》が文句《もんく》をならべた。

「いや、やっぱりないわ。相沢《あいざわ》ディクショナリー（辞書《じしょ》）にミュージカルはのってない」

岩木《いわき》が笑《わら》った。岩木《いわき》はいつだって明《あか》るい。

「うん。背中《せなか》、ざわざわする」

「そうそう。そのましゃべればいいのに、急《きゅう》に歌《うた》いだすから、なぞなんだよなあー」

せっかく、歌《うた》で気持《きも》ちを伝《つた》えるのはすてきなことなんだと知《し》って、心《こころ》があたたかくなったのに、そんなのはまちがいだ、と言《い》われたみたいで、順《じゅん》は悲《かな》しくなった。

（わたし……やっぱり、まちがってるんだ……）

すると、拓実《たくみ》がつぶやいた。

「でも、ふつうにしゃべるより歌《うた》のほうが、感情《かんじょう》とか伝《つた》わりやすくなることもあるし……」

（えっ？　……坂上《さかがみ》くん？　また、坂上《さかがみ》くん、わたしの心《こころ》の中《なか》、読《よ》んだ？）

岩木《いわき》が拓実《たくみ》をつつく。

「あれ？　拓《たく》ちゃん、めずらしく熱《あつ》くなってる？」

けっして強《つよ》い口調《くちょう》ではなかったけれど、おとなしい拓実《たくみ》にしては、はっきりとしたもの言《い》いだったようだ。

「……まさか」

拓実《たくみ》はぼそっと否定《ひてい》する。苦笑《にがわら》いしているらしい。相沢《あいざわ》も拓実《たくみ》をからかった。

「流《なが》されやすいからなー、拓《たく》は」

拓実《たくみ》はうつむいて、こたえなかった。

（……坂上《さかがみ》くん……ふしぎな人《ひと》……）

いったいどんな人《ひと》なのか、順《じゅん》は拓実《たくみ》のことを知《し》りたくなった。

そして放課後《ほうかご》、音楽準備室《おんがくじゅんびしつ》で、第一回《だいいっかい》の「地域《ちいき》ふれあい交流会《こうりゅうかい》」実行委員会《じっこういいんかい》が開《ひら》かれた。城嶋先生《じょうしませんせい》が一方的《いっぽうてき》に決《き》め、拓実《たくみ》たち四人《よにん》に通告《つうこく》したのだ。

断《ことわ》れなかった拓実《たくみ》が、しぶしぶ音楽準備室《おんがくじゅんびしつ》へやってくると、すでに仁藤菜月《にとうなつき》がいすにすわっていた。

「……ども……」

ふたりきりになったのは、つきあわなくなってから初《はじ》めてだ。何《なに》を話《はな》したらいいのかわからず、気《き》まずいなと思《おも》いつつ、拓実《たくみ》はあいさつともいえないあいさつをする。菜月《なつき》は視線《しせん》をそらしてしまった。ますます気《き》まずい。

どうしよう、と拓実《たくみ》がつっ立《た》っていると、そこへ城嶋先生《じょうしませんせい》が入《はい》ってきた。

「よーっす。ふれ交《こう》のうちあわせ、はじめっぞー」

これで空気《くうき》が変《か》わり、拓実《たくみ》はほっとしていすにすわる。先生《せんせい》の背後《はいご》に、成瀬順《なるせじゅん》がいた。

「成瀬《なるせ》……？」

あんなにいやがっていたのに、来《き》たのか……でもどうして気《き》が変《か》わったんだろう、と拓《たく》実《み》がふしぎに思《おも》っていると、緊張《きんちょう》したようすの順《じゅん》が、ぺこっと頭《あたま》を下《さ》げて、いすにこしかける。三人《さんにん》の顔《かお》を見《み》わたし、こまったように城嶋先生《じょうしませんせい》がこぼした。

「田崎《たさき》は来《こ》ないか……」

「声《こえ》は、かけたんですけど」と、菜月《なつき》がまじめに応《おう》じる。

「……まあ、今回《こんかい》は演《だ》しものの候補《こうほ》を決《き》めるだけだから、特別《とくべつ》によしとするか」

先生《せんせい》と視線《しせん》を交《か》わして、菜月《なつき》がうなずいた。

「はい。もともと選択肢《せんたくし》も少《すく》ないですし」

菜月《なつき》は、前年度《ぜんねんど》からのひきつぎノートを広《ひろ》げた。

「毎年《まいとし》、合唱《がっしょう》か、朗読劇《ろうどくげき》か――」

「ちょっと待《ま》った！」と、城嶋先生《じょうしませんせい》がストップをかける。

「ひたすら現状維持《げんじょういじ》って、つまんなくね？」

先生《せんせい》はにやにやしながら、拓実《たくみ》の後《うし》ろに回《まわ》って、肩《かた》に両手《りょうて》をのせてくる。

「なあ、坂上《さかがみ》？」

拓実《たくみ》は無視《むし》しようとしたが、先生《せんせい》が見《み》つめるのをやめない。しかたなく、こたえた。

「……ミュージカル、ですか」

菜月《なつき》がおどろいた。

「えっ、ミュージカル？」

その一方《いっぽう》で、なぜか、順《じゅん》が目《め》をきらきらさせたので、拓実《たくみ》はますますふしぎに思《おも》った。

菜月《なつき》の反応《はんのう》はわかるけれど、どうして、歌《うた》えない順《じゅん》がこんなにも興味津々《きょうみしんしん》なんだろう。

とまどった菜月《なつき》が意見《いけん》をのべる。

「でも、ふれ交《こう》まで、一《いっ》か月《げつ》しかないし、さすがにむずかしいんじゃ？」

「そっかぁ？　むずかしいかぁ？」

と、城嶋先生《じょうしませんせい》はまるで気《き》にならないみたいだった。けっきょく、城嶋先生《じょうしませんせい》のごり押《お》しが通《とお》ってしまった。


拓実《たくみ》、菜月《なつき》、順《じゅん》の三人《さんにん》は、帰《かえ》ろうと昇降口《しょうこうぐち》へむかった。菜月《なつき》がぼやく。

「けっきょく、候補《こうほ》に入《い》れられちゃったね、ミュージカル」

これをあしたのホームルームで、クラスメートたちに説明《せつめい》するのは、菜月《なつき》なのだ。拓実《たくみ》は、なんとか菜月《なつき》をなだめようとした。

「まあ、いいんじゃやね？　それで、嶋《しま》っちょの気《き》がすむんだし」

「やりたい人《ひと》がいるなんて、思《おも》えないけど……」

だから、だいじょうぶだよ、ミュージカルに決《き》まったりしない……と言《い》いかけた拓実《たくみ》だったが、順《じゅん》が横《よこ》で、残念《ざんねん》そうにくちびるをかんでいるのに気《き》づき、また、ふしぎに思《おも》う。

そのとき、大声《おおごえ》が昇降口《しょうこうぐち》から聞《き》こえてきた。

「毎日《まいにち》、顔出《かおだ》して、文句《もんく》ばっかつけやがって、田崎先輩《たさきせんぱい》」

(田崎《たさき》？　あれは……野球部《やきゅうぶ》の二年《にねん》か)

野球部員《やきゅうぶいん》らしい四人《よにん》の男子《だんし》が、くつをはきかえている。

「何《なに》えらそうにしてんだろうな。田崎先輩《たさきせんぱい》がひじぶっこわしたせいで、『揚羽高校初《あげはこうこうはつ》』の甲子園《こうしえん》、行《い》けなかったのによ」

「山路《やまじ》、おまえからガツンッと言《い》ってくれよ。今《いま》のエースはおまえなんだからさ」

けれど、山路《やまじ》とよばれた男子《だんし》は、そっぽをむいたまま、無言《むごん》だった。

野球部員《やきゅうぶいん》たちがいなくなると、ふゆかいそうに菜月《なつき》がつぶやいた。

「やな感《かん》じ。……言《い》いたいことがあるなら、はっきり言《い》えばいいのに」

(仁藤《にとう》……。仁藤《にとう》らしいな)

拓実《たくみ》はなつかしくなった。

菜月《なつき》は中学校《ちゅうがっこう》のときも、クラスのまとめ役《やく》で、みんなからしたわれていた。まじめで正《せい》義感《ぎかん》が強《つよ》く、でも、まわりに押《お》しつけるわけではなく、気配《きくば》りができる。

そんないい子《こ》がなぜ、地味《じみ》な自分《じぶん》に告白《こくはく》してきたのかわからなかったけれど、拓実《たくみ》はうれしくて、いっしょにいたいと思《おも》った。

(本当《ほんとう》に……仁藤《にとう》はいいやつなんだ)

あのころの、うれしくて、幸《しあわ》せだった気持《きも》ちを思《おも》いだし、拓実《たくみ》はついほほえんでしまった。そして……とてもむねがせつなくなった。

じっと菜月《なつき》を見《み》つめてしまっていたらしい。視線《しせん》に気《き》がついた菜月《なつき》が「何《なに》？」と聞《き》くと、とまどったように拓実《たくみ》から目《め》をそらす。

「あ……いや……別《べつ》に……」

（しまった）

「わたし、部活《ぶかつ》あるから、先行《さきい》くね」

拓実《たくみ》を置《お》いて、菜月《なつき》はさっさと歩《ある》きだす。

「じゃあね、成瀬《なるせ》さん」と順《じゅん》に手《て》をふり、菜月《なつき》は行《い》ってしまった。

とり残《のこ》された拓実《たくみ》が順《じゅん》をふりむくと……順《じゅん》は何《なに》かを言《い》いたげに、くちびるをもぞもぞ動《うご》かしながら、じーっと拓実《たくみ》を見《み》ていた。なんなんだ、と拓実《たくみ》はあせった。

「じゃ、おれも、帰《かえ》るから」

急《いそ》いでくつをはきかえ、学校《がっこう》の外《そと》に出《で》る。……ところが。

順《じゅん》がついてきた。帰《かえ》り道《みち》はちがう方向《ほうこう》のはずなのに、五《ご》メートルくらいはなれて、ずーっと、拓実《たくみ》のあとをついてくる。

きょうは朝《あさ》、雨《あめ》がふっていたから、自転車《じてんしゃ》で来《こ》なかったことを、拓実《たくみ》はちょっぴり後悔《こうかい》した。

どこまでも、どこまでも、順《じゅん》が無言《むごん》であとを追《お》ってくる。荒川《あらかわ》にかかる橋《はし》の上《うえ》まで来《き》て、とうとう拓実《たくみ》はがまんできなくなった。

「……ったく」

順《じゅん》にむきなおり、正面《しょうめん》から問《と》いただす。

「あのさあ、おまえ、何《なに》かおれに話《はな》したいこと、あるんじゃないの？」

すると、びくっとおびえた順《じゅん》が、バッグをかかえてみがまえた。順《じゅん》が何《なに》を言《い》いたいのか、だいたいわかっていた。委員会《いいんかい》のあいだ、「ミュージカル」という言葉《ことば》のたびに、表情《ひょうじょう》が反応《はんのう》していたからだ。

「たとえば……ふれ交《こう》で、ミュージカルやりたい、とか？」

目《め》を丸《まる》くし、息《いき》をのんで、順《じゅん》はあわあわとしながら、制服《せいふく》のポケットからメモ帳《ちょう》をひっぱりだした。シャーペンで、すばやく何《なに》かを書《か》きつけ、そのページを拓実《たくみ》へとつきだす。おびえているみたいに、首《くび》をすくめて……。

拓実《たくみ》は近《ちか》づき、文字《もじ》を読《よ》んだ。

『わたしの心《こころ》が、読《よ》めるんですか？』

「はあ⁇」

わけのわからなさに、拓実《たくみ》がどん引《び》きすると、おこった顔《かお》になった順《じゅん》が、いきなり、かすれ声《ごえ》でさけんだ。

「し、らばっ、く――」（しらばっくれないで！）

とたんに順《じゅん》はお腹《なか》をおさえて、橋《はし》の歩道《ほどう》にうずくまった。痛《いた》そうに顔《かお》をゆがめ、みるみる、ひたいに脂汗《あぶらあせ》がういてくる。

「ええっ!?　おいっ、成瀬《なるせ》??　成瀬《なるせ》！」

青《あお》ざめて苦《くる》しむ順《じゅん》に、拓実《たくみ》はあわててかけより、背中《せなか》をさすった。

しばらく介抱《かいほう》すると、順《じゅん》の顔色《かおいろ》がよくなった。橋《はし》の上《うえ》の植《う》えこみのはじにこしかけさせて、順《じゅん》を休《やす》ませると、拓実《たくみ》はかたわらで、順《じゅん》が書《か》いた説明《せつめい》のメモを読《よ》んだ。

「……しゃべると、腹《はら》が痛《いた》くなるって、なんで？」

顔《かお》をあげた順《じゅん》は、まだお腹《なか》が痛《いた》いらしく、顔《かお》をゆがめる。

「まあ、いいけど。とにかく、おれ、他人《たにん》の心《こころ》を読《よ》めるようなスペック、持《も》ってないし。きのうの玉子《たまご》の歌《うた》の内容《ないよう》が、おまえの書《か》いた話《はなし》とダブったのも、ただのぐうぜん」

「でも！」

言《い》い返《かえ》した順《じゅん》が、また、苦《くる》しみだす。

なんてことだ……と、拓実《たくみ》はため息《いき》をついた。腹痛《ふくつう》をこらえながら書《か》いたメモ帳《ちょう》の文字《もじ》は、ページいっぱいにのたくっていて、読《よ》みにくい。

「……そうだ。成瀬《なるせ》、ケータイ持《も》ってる？」

苦《くる》しそうにしながら、メモ帳《ちょう》が入《はい》っていたのと反対《はんたい》のポケットから順《じゅん》が出《だ》したのは、ピンクのガラケーだった。今《いま》どき、高校生《こうこうせい》で使《つか》ってるやつがいるとは、とびっくりする。

「ガラケー⁇　まあいいや。貸《か》して」

操作方法《そうさほうほう》は、祖母《そぼ》のガラケーで知《し》っている。拓実《たくみ》は自分《じぶん》の電話番号《でんわばんごう》を登録《とうろく》した。

「おれの番号《ばんごう》、入《い》れといたから。メッセージくれれば、そのメモ帳《ちょう》、むだに使《つか》わなくてすむだろ」

ガラケーを返《かえ》された順《じゅん》は、目《め》をきらきらさせ、ものすごいスピードで文字《もじ》を打《う》ちこみはじめた。たちまち、ピロン、と拓実《たくみ》のスマホの着信音《ちゃくしんおん》が鳴《な》る。

《ありがとう》

電話番号《でんわばんごう》を使《つか》ったショート・メッセージがとどいた。

言葉《ことば》を伝《つた》える手段《しゅだん》を見《み》つけ、とてもうれしそうな順《じゅん》に、拓実《たくみ》もうれしくなった。

「なんか……照《て》れるな」

せっせと順《じゅん》が打《う》ちこむメッセージを、拓実《たくみ》は読《よ》んだ。

《たぶん呪《のろ》いだと思《おも》うんです》

「呪《のろ》い？　あ……えっ？　しゃべろうとすると、腹《はら》が痛《いた》くなるってことが？」

真剣《しんけん》なひとみになった順《じゅん》が、大《おお》きくうなずいた。

《わたしのおしゃべりのせいで、両親《りょうしん》が離婚《りこん》してしまったから。神様《かみさま》がわたしに、罰《ばつ》をあたえてるんだと》

「おしゃべりの、せいって……」

《わたし、小学生《しょうがくせい》のとき、山《やま》の上《うえ》のお城《しろ》から、父《ちち》がほかの女性《じょせい》と出《で》てきたことを、母《はは》にしゃべったんです》

「お城《しろ》って……まさか」

拓実《たくみ》は遠《とお》くを見《み》た。橋《はし》のむこうの、芽吹《めぶ》きはじめた低《ひく》い山《やま》の上《うえ》、森《もり》のこずえごしに、ちらっと青《あお》いとんがり屋根《やね》が見《み》えている。

「あの、何年《なんねん》か前《まえ》につぶれた……？」

あそこは、大人《おとな》の男女《だんじょ》が、こっそり会《あ》ったり、デートするときに、お金《かね》をはらって使《つか》うところだった。

順《じゅん》がまた、大《おお》きくうなずく。

「……そっか……」

拓実《たくみ》はなんとも言《い》えない気分《きぶん》で、順《じゅん》を見《み》やった。順《じゅん》がくちびるを白《しろ》くなるほどかみ、泣《な》きそうに表情《ひょうじょう》をゆがめる。

（……自分《じぶん》のせいだと、思《おも》いこんでるんだ……）

順《じゅん》の声《こえ》が出《で》ない理由《りゆう》がわかり、それが思《おも》いがけなく重《おも》たいもので、彼女《かのじょ》の苦《くる》しみを想像《そうぞう》した拓実《たくみ》はむねが痛《いた》くなった。

遠《とお》くまで来《き》てしまい、しかも具合《ぐあい》の悪《わる》そうな順《じゅん》を、拓実《たくみ》はとちゅうまで、路線《ろせん》バスで送《おく》っていくことにした。拓実《たくみ》の家《いえ》のほうが近《ちか》いけれど、循環路線《じゅんかんろせん》なので、乗《の》っていれば順《じゅん》の家《いえ》の方面《ほうめん》にも行《い》くはずだ。

拓実《たくみ》とならんですわるのがはずかしいらしく、順《じゅん》は通路《つうろ》を空《あ》けて、ならびの列《れつ》の座席《ざせき》をえらんだ。バスは、あとひとり、ふたりくらいしか乗客《じょうきゃく》がいなくて、空《す》いている。

なので拓実《たくみ》は通路《つうろ》ごしに、順《じゅん》にたずねた。けっきょく、聞《き》けていなかったことを。

「なあ、どうしてそんなに、ミュージカルやりたいの？」

順《じゅん》がガラケーに文字《もじ》を打《う》ちこみ、拓実《たくみ》のスマホにメッセージを送《おく》る。

《本当《ほんとう》に、ふつうにしゃべるより歌《うた》のほうが、気持《きも》ちを伝《つた》えられると思《おも》いますか？》

「……聞《き》いてたんだ、相沢《あいざわ》たちとの話《はなし》」

うなずいた順《じゅん》は、じっと拓実《たくみ》を見《み》つめて、返事《へんじ》を待《ま》っている。真剣《しんけん》なひとみだった。

「……まあ、歌《うた》ってもともと、何《なに》かを伝《つた》えるためにあると思《おも》うし。それに、嶋《しま》っちょも言《い》ってたけど、音楽《おんがく》にはふしぎな力《ちから》もあるかなぁって」

それは、かつて、父《ちち》がおさない拓実《たくみ》に話《はな》してくれたこと……受《う》け売《う》りだったと気《き》がつき、ちょっとはずかしいことを言《い》ったのにも気《き》づいて、拓実《たくみ》は照《て》れた。

順《じゅん》は、こわいくらい真剣《しんけん》な表情《ひょうじょう》で、拓実《たくみ》から視線《しせん》を外《はず》さない。照《て》れ笑《わら》いでごまかしながら、拓実《たくみ》はなるべくさらりと言《い》った。

「だから成瀬《なるせ》もさ、もし、何《なに》か伝《つた》えたいことがあったら、歌《うた》ってみるのもありかもよ？　歌《うた》なら、呪《のろ》いとか、関係《かんけい》ないかもしれないし……」

マジで⁉　と言《い》いたげに、順《じゅん》の口《くち》もとがわずかに動《うご》く。たちまち、ひとみが生《い》き生《い》きとかがやいてきた。

そのとき、バスが停留所《ていりゅうじょ》についた。ストップボタンを押《お》したほかの乗客《じょうきゃく》に続《つづ》いて、拓実《たくみ》も降《お》りる。

「じゃ、また」


バスを見送《みおく》り、拓実《たくみ》は考《かんが》えこんでしまった。

（ひとごと……じゃないよな……）

帰宅《きたく》すると、拓実《たくみ》は二階《にかい》にある父《ちち》の部屋《へや》へむかった。このドアを開《あ》けるのは……三年《さんねん》ぶり……くらいだろうか。

なんどかためらってから、思《おも》いきってノブを回《まわ》す。カーテンごしに西日《にしび》がさしこむ部屋《へや》の、かべいっぱいに作《つく》られた本《ほん》だなに、CD《シーディー》や楽譜《がくふ》、音楽《おんがく》に関《かん》する本《ほん》がならんでいた。ずっと昔《むかし》、音楽《おんがく》をきくのに使《つか》われたレコードというものまである。

そして、部屋《へや》のすみには、家庭用《かていよう》のアップライトピアノ。

父《ちち》の影響《えいきょう》で、おさなかった拓実《たくみ》は音楽好《おんがくず》きになり、ピアノを習《なら》った。おっとりとしておとなしい拓実《たくみ》でも、ピアノをひくと、曲《きょく》に乗《の》せていろいろな気持《きも》ちが表現《ひょうげん》できた。

……かつてあんなに好《す》きだったピアノへと、拓実《たくみ》は歩《あゆ》みよった。むねがちくちくと痛《いた》んだ。閉《と》ざされたふたを指《ゆび》でなぞると、白《しろ》くつもったほこりに、くっきりとあとがついた。

「呪《のろ》い、か……」

拓実《たくみ》の耳《みみ》の奥《おく》に、大好《だいす》きだったピアノ曲《きょく》がよみがえった。

ベートーヴェン作曲《さっきょく》のピアノソナタ第八番《だいはちばん》作品《さくひん》13『悲愴《ひそう》』第二楽章《だいにがくしょう》。

歌《うた》うような、夢見《ゆめみ》るような、明《あか》るいのにどこかもの悲《がな》しい旋律《せんりつ》……。

――『たっくん、ピアノ、好《す》き？』

母《はは》の声《こえ》も同時《どうじ》によみがえる。

――『うん、好《す》きだよ』

中学二年生《ちゅうがくにねんせい》だった拓実《たくみ》は、なんのくったくもなく、満面《まんめん》の笑《え》みでそうこたえた。『悲愴《ひそう》』第二楽章《だいにがくしょう》をひきながら。

そのときも、すなおに思《おも》ったままをこたえただけなのに、ふりむくと、母《はは》は顔《かお》をゆがめて、泣《な》きそうになっていた。

——(お母《かあ》さん？　なんで？)

理由《りゆう》はわからないけれど、母《はは》を傷《きず》つけてしまったことだけは、理解《りかい》した。

その母《はは》の傷口《きずぐち》からふきだしたものは、やがて返《かえ》り血《ち》のように拓実《たくみ》をも染《そ》め、傷《きず》つけることになった——。

(成瀬《なるせ》のこと……おれとは無関係《むかんけい》……じゃない)

だからこそ、無責任《むせきにん》に、あんなことを言《い》ってしまって、よかったんだろうか。

(でも……本当《ほんとう》にそう思《おも》ったのも、事実《じじつ》なんだ。成瀬《なるせ》だって、言《い》いたいことといっぱいあって、言《い》えなくて苦《くる》しそうで……)

だれもいない家《いえ》に帰《かえ》った順《じゅん》は、室内干《しつないぼ》しのせんたくものをとりこんだ。母《はは》が帰《かえ》るまでに、風呂《ふろ》そうじと、夕《ゆう》ご飯《はん》の下《した》ごしらえもしておかなくてはならない。

テレビをつけ、順《じゅん》がソファでせんたくものをたたんでいると、またあのメロディーが流《なが》れてきた。

『Around《アラウンド》 the《ザ》 World《ワールド》』。生命保険会社《せいめいほけんがいしゃ》のCM《シーエム》だ。三拍子《さんびょうし》のリズムにあわせ、順《じゅん》は頭《あたま》をゆらした。拓実《たくみ》が歌《うた》っていた声《こえ》を思《おも》いだす。

――『♪玉子《たまご》にささげよう』

「……た……ま……ごに……さ……さ……げよ……」

自分《じぶん》も声《こえ》が出《で》ていたことにはっとして、順《じゅん》は手《て》を止《と》めた。お腹《なか》をおさえ、息《いき》をつめる。

けれど、お腹《なか》は痛《いた》くなってこない。

(あ……れ……れ⁇　痛《いた》く、ない)

――『歌《うた》なら、呪《のろ》いとか、関係《かんけい》ないかもしれないし』

(そうか！　わたし、歌《うた》ったんだ。坂上《さかがみ》くんの言《い》うとおり、歌《うた》なら、痛《いた》くならない！)

うれしくて、むねが高鳴《たかな》ったとき――ピンポーン、と玄関《げんかん》チャイムが鳴《な》った。インターフォンから、近所《きんじょ》のおばさんの声《こえ》がする。

「成瀬《なるせ》さん、町内会費《ちょうないかいひ》の集金《しゅうきん》です」

順《じゅん》はあわててテレビを消《け》し、息《いき》をひそめ、体《からだ》をかたくした。今《いま》、自分《じぶん》がここにいることが、知《し》られてはだめなのだった。

母《はは》に、きつくそう言《い》われていたから。

3 わたしは、できるよ

翌日《よくじつ》の三年二組《さんねんにくみ》のホームルーム。

拓実《たくみ》、菜月《なつき》、順《じゅん》の三人《さんにん》が、「地域《ちいき》ふれあい交流会《こうりゅうかい》」の演《だ》しものについて、クラス全員《ぜんいん》の意見《いけん》を聞《き》く。菜月《なつき》が、きのう城嶋先生《じょうしませんせい》も交《まじ》えて話《はな》しあった候補《こうほ》を読《よ》みあげ、順《じゅん》が黒板《こくばん》に書《か》く。

「合唱《がっしょう》、朗読劇《ろうどくげき》、秩父舞《ちちぶまい》、それと……ミュージカル。以上《いじょう》のものを考《かんが》えてみました」

クラスメートたちがざわつく。

「ミュージカル？」

「ありえねぇー」

「ハードル高《たか》すぎ」

文句《もんく》だらけだ。やっぱりな……と拓実《たくみ》が城嶋先生《じょうしませんせい》を横目《よこめ》で見《み》ると、見守《みまも》っていた先生《せんせい》が口《くち》をはさんだ。

「今年《ことし》の会場《かいじょう》は新《あたら》しくできた市民会館《しみんかいかん》だし、ミュージカルでいいんじゃないかなぁ。それに、ふれ交《こう》では『揚羽高初《あげはこうはつ》』の試《こころ》みだ」

すると、がんっ、とつくえをけとばして、大樹《だいき》が反対《はんたい》した。

「『揚羽高初《あげはこうはつ》』？　んなもん、無理《むり》に決《き》まってんだろっ」

となりの席《せき》の三嶋《みしま》が、気色《けしき》ばんだ大樹《だいき》を、心配《しんぱい》そうに見《み》つめている。大樹《だいき》は順《じゅん》を指《ゆび》さし、どなった。

「だいたい、その女《おんな》どーすんだよ！　実行委員《じっこういいん》にしゃべんねぇ女《おんな》いて、そんで歌《うた》とかミュージカルとか、なぞすぎんだろ」

大樹《だいき》の剣幕《けんまく》に、女子《じょし》たちがおびえ、男子《だんし》たちもまゆをひそめる。

まずいな、と拓実《たくみ》は順《じゅん》の様子《ようす》をうかがった。順《じゅん》はつらそうに体《からだ》をちぢこませ、両手《りょうて》をにぎりあわせ、青《あお》ざめてうつむいている。

大樹《だいき》に言《い》い返《かえ》そうか、でもなんて言《い》えば、これ以上《いじょう》おこらせないか、と拓実《たくみ》がまよっていると、菜月《なつき》の声《こえ》がひびきわたった。

「田崎《たさき》くん、ひどいよ！　そんな言《い》いかた……」

「だって、ホントのことだろ？　おまえだって、本心《ほんしん》じゃそう思《おも》ってんだろ？　いい子《こ》ぶんなよ、仁藤《にとう》！」

菜月《なつき》が、びくっとふるえた。

「わたし……いい子《こ》ぶってなんか……」

くやしそうに、くちびるをかむ。

だよねぇ、というかんじでみんなが菜月《なつき》を見《み》た。重苦《おもくる》しい空気《くうき》に、拓実《たくみ》はがまんできなくなった。

（仁藤《にとう》がやさしいのや、まじめなのや、他人思《たにんおも》いなことの、どこが悪《わる》いんだ。仁藤《にとう》は、本《ほん》気《き》で成瀬《なるせ》をかばってんだ。いい子《こ》に見《み》られたいなんて、昔《むかし》から、思《おも》ったことないんだ。おれは、知《し》ってる——）

「いいかげんに、しろよ」

怒《いか》りにふるえる低《ひく》い声《こえ》で、拓実《たくみ》は大樹《だいき》にぶちまけた。

「……後輩《こうはい》くんたちも、ぐちってたよ。田崎《たさき》、毎日部活《まいにちぶかつ》で、えらそうに文句《もんく》ばかり言《い》って、うざいって……」

顔《かお》を真《ま》っ赤《か》にした大樹《だいき》が、いすをたおして立《た》ちあがった。けれど、大樹《だいき》が拓実《たくみ》になぐりかかる前《まえ》に、三嶋《みしま》がすばやく飛《と》びだし、拓実《たくみ》のむなぐらをつかんだ。

「大《だい》ちゃんの気持《きも》ち、何《なに》も知《し》らねぇで！　外野《がいや》が勝手《かって》なこと、ほざいてんじゃねぇよ‼」

クラス中《じゅう》が凍《こお》りつき、城嶋先生《じょうしませんせい》が止《と》めようと手《て》をのばしたとき——。

「♪わたーしはー　できーるよー」

『Around《アラウンド》 the《ザ》 World《ワールド》』のメロディーで、かすれた歌声《うたごえ》がひびいた。全員《ぜんいん》がおどろいて、声《こえ》の主《ぬし》をさがす。

黒板《こくばん》の前《まえ》で、順《じゅん》が、ぎゅっと目《め》をつぶり、制服《せいふく》のむなもとをにぎりしめて、ひざをふるわせながら、歌《うた》っていた。

「♪不安《ふあん》はー　あるけどー　きっとでーきるー」

全員《ぜんいん》があっけにとられ、順《じゅん》に注目《ちゅうもく》する。静《しず》まりかえった教室《きょうしつ》に、おそるおそる目《め》を開《あ》けた順《じゅん》は、注目《ちゅうもく》されているのに気《き》づき……全速力《ぜんそくりょく》で教室《きょうしつ》からにげだしてしまった。

「成瀬《なるせ》！」

拓実《たくみ》は急《いそ》いで順《じゅん》を追《お》いかけ、菜月《なつき》もついてくる。

順《じゅん》がふりしぼった勇気《ゆうき》に、お腹《なか》が痛《いた》くなるのに声《こえ》を出《だ》したことに、拓実《たくみ》はそれこそなぐられたようなショックを受《う》けていた。

(おれ、何《なに》をやったんだ。田崎《たさき》の弱《よわ》みを責《せ》めるんじゃなく、説得《せっとく》したり、成瀬《なるせ》をかばったり、すべきだったのに)

「成瀬《なるせ》！　待《ま》てって」

順《じゅん》は屋上《おくじょう》へ続《つづ》く階段《かいだん》をかけのぼり、すがたを消《け》した。

拓実《たくみ》と菜月《なつき》も屋上《おくじょう》へと飛《と》びだす。左右《さゆう》を見《み》まわしても、順《じゅん》は見《み》あたらない。

「……成瀬《なるせ》？」

こっちへ来《き》たはずなのに、と思《おも》ったとき、拓実《たくみ》のスマホに着信《ちゃくしん》があった。

《ごめんなさい。勝手《かって》にあんなこと言《い》って》

順《じゅん》からのメッセージだ。拓実《たくみ》は返信《へんしん》を打《う》つ。

《だいじょうぶ。それより、腹《はら》はだいじょうぶか？》

拓実《たくみ》の手元《てもと》をのぞきこんだ菜月《なつき》が、「お腹《なか》？」と首《くび》をかしげた。

送信《そうしん》すると、階段《かいだん》の出入《でい》り口《ぐち》になっている部分《ぶぶん》のむこうで、着信音《ちゃくしんおん》がした。順《じゅん》のガラケーだ。拓実《たくみ》と菜月《なつき》は顔《かお》を見《み》あわせ、そっと建《た》てものを回《まわ》りこんだ。

順《じゅん》が、かべによりかかって、メッセージを打《う》っている。拓実《たくみ》のスマホに、着信《ちゃくしん》した。

《歌《うた》なら、だいじょうぶみたいです！》

「マジか？」

きのう、順《じゅん》をはげますために、思《おも》いつくままに言《い》ったことが当《あ》たったので、拓実《たくみ》はおどろいて順《じゅん》を見《み》つめる。顔《かお》をあげた順《じゅん》は、心《こころ》からの笑顔《えがお》だった。

ホームルーム終了《しゅうりょう》のチャイムが聞《き》こえてきた。

その日《ひ》の最後《さいご》の授業《じゅぎょう》が終《お》わったとき、菜月《なつき》が拓実《たくみ》に話《はな》しかけてきた。あのまま、つぎの授業《じゅぎょう》になってしまったので、演《だ》しものも決《き》まらなかったし、自分《じぶん》にも事情《じじょう》を説明《せつめい》してほしい、というのだ。

おたがい部活《ぶかつ》へと移動《いどう》しながら、拓実《たくみ》は、きのうの順《じゅん》との一部始終《いちぶしじゅう》を話《はな》した。

「そう。きのう、そんなことがあったんだ」

「うん」と拓実《たくみ》はうなずいた。拓実《たくみ》の言葉《ことば》が順《じゅん》の歌《うた》をひきだしたのが、なんとなくうれしくて、拓実《たくみ》は笑顔《えがお》だった。菜月《なつき》はそんな拓実《たくみ》をじっと見《み》ている。

「……さっきの成瀬《なるせ》さん、すごくうれしそうだったね」

「ああ。呪《のろ》いとか言《い》われて、最初《さいしょ》は正直《しょうじき》、ひいたけど。でも、おれ、あいつの気持《きも》ち、ちょっとわかるんだ」

ほこりがつもった、うちのピアノ……出《だ》せない順《じゅん》の声《こえ》と同《おな》じだ……と思《おも》い、拓実《たくみ》のむねが痛《いた》んだ。思《おも》わず足《あし》が止《と》まる。このことを、だれかに話《はな》したことは……なかった。

菜月《なつき》も足《あし》を止《と》め、じっと拓実《たくみ》の言葉《ことば》を待《ま》っている。

「……中二《ちゅうに》のとき、おふくろから『ピアノが好《す》きか』って聞《き》かれてさ。おれ、何《なに》も考《かんが》えずに『好《す》きだ』って言《い》ったら、おふくろ、すげぇ悲《かな》しそうな顔《かお》で、おれのこと、見《み》たんだよね……」

「え……？」

「ちょうどそのころ、おれにピアノ続《つづ》けさせるかどうかで、父《とう》さんと大《おお》げんかしてたみたいでさ。おふくろは、受験《じゅけん》のためにピアノをやめさせたかったみたいなんだけど、おれ、そんなこと、全然知《ぜんぜんし》らなくって……」

プロのピアニストになって食《た》べていくには、小《ちい》さいときからピアノコンクールで入賞《にゅうしょう》し、音楽大学《おんがくだいがく》へ進学《しんがく》しなければならない。けれど、拓実《たくみ》のピアノはあくまでも趣味《しゅみ》だった。そんな腕前《うでまえ》はなかった。

拓実《たくみ》の母《はは》は、拓実《たくみ》に、一流大学《いちりゅうだいがく》を出《で》て、東京《とうきょう》の大《おお》きな会社《かいしゃ》につとめてほしかったのだ。そのためには、もうすこし成績《せいせき》をあげ、進学校《しんがくこう》へ入学《にゅうがく》するべきだと考《かんが》えていた。けれど、拓実《たくみ》は勉強《べんきょう》するよりもピアノばかりひいていて、そもそもピアノに興味《きょうみ》を持《も》たせたのは拓実《たくみ》の父《ちち》で、しかも父《ちち》は拓実《たくみ》をかばうので――。

「そのあとすぐに、おふくろが家《いえ》を出《で》ていって、両親《りょうしん》が離婚《りこん》して。父《とう》さんも、じいちゃんばあちゃんに、おれをおしつけて、仕事《しごと》で東京《とうきょう》へ行《い》っちゃうし。……全部《ぜんぶ》、おれのあのひとことが原因《げんいん》なのかなって、思《おも》ったこともあったから」

父《ちち》は離婚《りこん》までする気《き》はなかったのだろう。だから、拓実《たくみ》に負《お》い目《め》を感《かん》じてにげたのか、それとも逆恨《さかうら》みなのか……ともかく、拓実《たくみ》を見捨《みす》てたのだ。

『悲愴《ひそう》』――悲《かな》しすぎる、という意味《いみ》のタイトルを持《も》つピアノ曲《きょく》、その音《おと》が、また拓実《たくみ》の耳《みみ》の奥《おく》によみがえる。

ふっきるように、拓実《たくみ》が歩《ある》きだすと、菜月《なつき》が小《ちい》さくつぶやいた。

「そうだったんだ。わたし、ホントに何《なに》も知《し》らなかったんだな……」

「え？　何《なに》？」

「ううん、なんでもない」

菜月《なつき》は拓実《たくみ》を追《お》いこして、どんどん先《さき》へ歩《ある》いていく。なので、菜月《なつき》が傷《きず》ついた顔《かお》をしていたことに、拓実《たくみ》は気《き》がつかなかった。

部活《ぶかつ》を終《お》え、菜月《なつき》は駅《えき》へとかけこんだ。けれど目《め》の前《まえ》で電車《でんしゃ》のドアがしまり、発車《はっしゃ》してしまう。ため息《いき》をつくと、「だっせぇ」という低《ひく》い声《こえ》がした。

ふりかえると、ホームのベンチに、三角巾《さんかくきん》で右《みぎ》うでをつった大樹《だいき》がねころがっていた。

「……田崎《たさき》くん、何《なに》してんの？」

大樹《だいき》はふてくされた態度《たいど》でこたえる。

「あんま早《はや》く帰《かえ》っと、母《かあ》ちゃん、びっくりするから」

拓実《たくみ》にああ言《い》われて、大樹《だいき》は野球部《やきゅうぶ》の練習《れんしゅう》に顔《かお》を出《だ》せなかったのだ、と菜月《なつき》は知《し》った。

言葉《ことば》は……傷《きず》つけあう。

「野球《やきゅう》やんねぇと、時計《とけい》が止《と》まってるみてぇだ……」

大樹《だいき》にかける言葉《ことば》が見《み》つからず、菜月《なつき》は背《せ》をむけて歩《ある》きだした。無視《むし》された大樹《だいき》がおきあがって、たずねる。

「どこ行《い》くんだよ」

「バス。つぎの電車《でんしゃ》まで、三十分《さんじっぷん》以上《いじょう》あるし」

時間《じかん》つぶせるところも、このあたりにはないし……と思《おも》ったところで、菜月《なつき》は大樹《だいき》をふりかえった。

「時間《じかん》つぶしたいなら、ふれ交《こう》、手伝《てつだ》ってよ。いっぱいつぶせると思《おも》うよ、時間《じかん》」

「なんだよ……」

ふん、と鼻《はな》を鳴《な》らす大樹《だいき》を置《お》いて、菜月《なつき》は去《さ》った。頭《あたま》ごなしに「いやだ!」と言《い》われなかったことが、ちょっと意外《いがい》だった。

その夜《よる》。

まだ母《はは》が帰《かえ》ってこないので、先《さき》にひとりで夕食《ゆうしょく》をすませた順《じゅん》は、自分《じぶん》の部屋《へや》で宿題《しゅくだい》をしながら、いつの間《ま》にか歌《うた》っていた。

「♪わたーしはー　やれーるよー」

うれしくてたまらない。歌《うた》なら、声《こえ》が出《だ》せる。ミュージカルみたいに、歌《うた》で気持《きも》ちを言《い》える。拓実《たくみ》が教《おし》えてくれた。

「♪きっとでーきるー」

ピンポーン、と玄関《げんかん》チャイムが鳴《な》る。しはらっていない町内会費《ちょうないかいひ》だろう。ピンポーン、ピンポーン、としつこい。

(いやだ……どうしよう……)

でも、歌《うた》が頭《あたま》の中《なか》で鳴《な》りひびいていた。♪きっとでーきるー……。

財布《さいふ》をつかんで、順《じゅん》は部屋《へや》を出《で》た。玄関《げんかん》まで来《く》るとこわくなり、おどおどとドアを開《あ》けてみる。やはり、町内会費《ちょうないかいひ》の集金《しゅうきん》に来《き》たおばさんだった。

「あらぁ、順《じゅん》ちゃん。ひさしぶりねぇ、元気《げんき》だった？」

あいそ笑《わら》いをするおばさんに、順《じゅん》は財布《さいふ》を開《あ》け、無言《むごん》でお金《かね》をさしだした。

「はい、ありがと。今月分《こんげつぶん》の町内会費《ちょうないかいひ》、たしかに」

おばさんが受《う》けとったとき、自動車《じどうしゃ》が停《と》まり、ばたん、とドアが閉《し》まる音《おと》がした。おばさんがふりかえる。そこには、あせった顔《かお》の母《はは》が立《た》っていた。

おばさんが「会費《かいひ》は順《じゅん》ちゃんからいただきましたから」と言《い》って、立《た》ちさったあと、母《はは》はふらふらと、玄関《げんかん》のあがりかまちにへたりこんでしまった。

「……順《じゅん》……いつも言《い》ってるでしょ。わたしがいないときは、出《で》なくていいって」

(わたし、声《こえ》が出《だ》せるようになったんだよ。聞《き》いて、ママ)

順《じゅん》は歌《うた》ってみせようと、息《いき》をすいこんだ。けれど、母《はは》の疲《つか》れきった顔《かお》と、悲《かな》しそうなようすを見《み》ると、頭《あたま》からメロディーが消《き》えてしまった。

(ママ……だいじょうぶ？　どうしたの？)

心配《しんぱい》する気持《きも》ちを伝《つた》えたい。『玉子《たまご》の歌《うた》』みたいな楽《たの》しいメロディーではなく、もっとうったえかけるような音《おと》がほしい。でも、そんなの、知《し》らない。

（歌《うた》えない……歌《うた》が、出《で》てこない）

母《はは》が大《おお》きくため息《いき》をはきだす。

「しゃべらない子《こ》って、いろんなところで、うわさに……」

（……わたしのこと、そう言《い》われて、ママ、すごく悲《かな》しいんだ。わたし、そんなに、ママを悲《かな》しませてるんだ……）

近所《きんじょ》の人《ひと》に、顔《かお》を見《み》せてはいけない。しゃべらないって、しゃべらないのはおかしいって、だめな子《こ》って……ママを苦《くる》しめる悪《わる》い子《こ》って——なみだがこみあげ、つらくて、順《じゅん》は家《いえ》から走《はし》ってにげた。

声《こえ》にならず、なみだをぼろぼろとこぼしながら、順《じゅん》はめちゃくちゃに走《はし》った。いつの間《ま》にか、バス通《どお》りに出《で》ていた。路線《ろせん》バスが順《じゅん》を追《お》いこしてゆく。

（バス……）

バスの中《なか》で聞《き》いた拓実《たくみ》の言葉《ことば》が、はじけるように頭《あたま》にうかぶ。

――『何《なに》か伝《つた》えたいことがあったら、歌《うた》ってみるのもありかもよ？』

（坂上《さかがみ》くん……坂上《さかがみ》くん、助《たす》けて。わたしに、歌《うた》を、メロディーをください！　わたしの気《き》持《も》ち、言《い》いたいこと、歌《うた》にしてください！）


同《おな》じ夜《よる》、祖母《そぼ》にたのまれた買《か》いものをしに、ラフな服装《ふくそう》の拓実《たくみ》はバス通《どお》りぞいのコンビニに来《き》ていた。買《か》いものをすませ、家《いえ》にむかって歩《ある》く。

（なんで、おれ……きょう、仁藤《にとう》にあんなこと、しゃべったんだろ）

だれかに言《い》って、どうにかなるものでもないし、自分《じぶん》のせいという事実《じじつ》が消《き》えるわけでもない、とずっとだまっていたのに。

でも、それは……順《じゅん》も同《おな》じで、拓実《たくみ》は順《じゅん》の話《はなし》を聞《き》いて、はげまそうとした――。

人《ひと》はそれほど、他人《たにん》に冷《つめ》たいわけではない……のかもしれない。ただ、すぐに言葉《ことば》で傷《きず》つけてしまうだけで。

わからなくなって、拓実《たくみ》が夜空《よぞら》の星《ほし》をあおいだとき、スマホが着信《ちゃくしん》した。

見《み》ると、順《じゅん》からのメッセージだけれど……意味《いみ》がわかりにくい、空想物語《くうそうものがたり》のような長文《ちょうぶん》が、つぎからつぎへと送《おく》られてくる。

「な、なんだよ、これ……。ったく、わけわかんねえ」

さすがに、まいったなあ、と思《おも》っていると、こんなメッセージが来《き》て、送信《そうしん》がストップする。

《わたしの言葉《ことば》を、歌《うた》にしてください》

「……言葉《ことば》を……歌《うた》に？」

目《め》の前《まえ》のバス停《てい》にバスが停《と》まり、私服《しふく》の順《じゅん》が降《お》りてきた。バス停《てい》を照《て》らす街灯《がいとう》の下《もと》、うかびあがったのは、順《じゅん》の思《おも》いつめた顔《かお》だ。

「ええっ⁉」

こっちへむかうバスの中《なか》から、メッセージを送《おく》っていたのか、と拓実《たくみ》が理解《りかい》したしゅんかん、順《じゅん》が拓実《たくみ》の正面《しょうめん》から、こぶしをにぎってさけんだ。歌《うた》ではなく、ただの言葉《ことば》だ。

「あの！　わたし！　話《はな》したくても！　音《おと》っ……、うかばなくてっ……歌《うた》にしないと……だ、から……」

そして、痛《いた》そうにお腹《なか》をおさえて、ひざを折《お》る。

「成瀬《なるせ》⁇」

けれど、順《じゅん》はひっしに、拓実《たくみ》にむかってさけび続《つづ》けた。

「『玉子《たまご》の歌《うた》』っ、みたいにっ、してほしい、んで、す！　わたしの気持《きも》ちっ……、本当《ほんとう》にっ、しゃべりたい、こ、と……」

声《こえ》をしぼりつくし、順《じゅん》は顔《かお》をゆがめ、歩道《ほどう》にたおれこんでしまった。

「な、成瀬《なるせ》！　おい、成瀬《なるせ》、おいっ」

拓実《たくみ》はあせって順《じゅん》にかけより、だきおこした。


順《じゅん》がどうにか歩《ある》けるようになったところで、拓実《たくみ》は順《じゅん》の肩《かた》をささえ、自宅《じたく》へもどった。

玄関《げんかん》の引《ひ》き戸《ど》を開《あ》け、廊下《ろうか》の奥《おく》を指《ゆび》さす。

「成瀬《なるせ》、トイレ、あそこのつき当《あ》たりね」

声《こえ》に気《き》がついて、祖母《そぼ》が玄関《げんかん》へ出《で》てくる。女《おんな》の子《こ》を連《つ》れていることにおどろく祖母《そぼ》に、

「あ、クラスメートの成瀬《なるせ》」と紹介《しょうかい》する。

「え？　成瀬《なるせ》……さん？」

生命保険会社《せいめいほけんがいしゃ》の外交員《がいこういん》の女性《じょせい》と同《おな》じ名《な》だと、祖母《そぼ》は気《き》がついたようだ。

順《じゅん》はトイレへかけこんでいった。


しばらくして、はずかしそうにトイレから出《で》てきて、玄関《げんかん》へむかおうとした順《じゅん》を、拓実《たくみ》は和室《わしつ》の客間《きゃくま》から障子《しょうじ》を開《あ》け、よびとめた。スマホの画面《がめん》をさしだす。さっき、順《じゅん》が送《おく》ってきた長文《ちょうぶん》だ。

「これ、なんだけど」

客間《きゃくま》の座卓《ざたく》にむかいあってすわり、《読《よ》んでみてください》との順《じゅん》のメッセージにうながされて、拓実《たくみ》は長文《ちょうぶん》を読《よ》んだ。

《昔《むかし》むかし、あるところに、とてもおしゃべりで、夢見《ゆめみ》がちな少女《しょうじょ》がいました。少女《しょうじょ》は、城《しろ》で毎晩《まいばん》おこなわれている舞踏会《ぶとうかい》に、あこがれていました。

でも、その舞踏会《ぶとうかい》は……じつは、罪人《ざいにん》たちの処刑場《しょけいじょう》でした。彼《かれ》らには、罪《つみ》をつぐなうため、死《し》ぬまでおどり続《つづ》けなければならないという、呪《のろ》いがかけられていたのです。

その真実《しんじつ》を知《し》っても、舞踏会《ぶとうかい》へ行《い》きたいと思《おも》った少女《しょうじょ》は、さまざまな犯罪《はんざい》を重《かさ》ねます。でもなぜか少女《しょうじょ》は、だれからも罪《つみ》に問《と》われることはありませんでした。絶望《ぜつぼう》する少女《しょうじょ》の前《まえ》に、なぞの玉子《たまご》がやってきて、そそのかします。この世界《せかい》で、もっとも重大《じゅうだい》な罪《つみ》は、言葉《ことば》で人《ひと》を傷《きず》つけることなのだ、と……。

少女《しょうじょ》は考《かんが》えつくかぎりの悪口《わるくち》を言《い》いまくり、人《ひと》を傷《きず》つけ、人《ひと》にきらわれ、そして気《き》がつくと……言葉《ことば》を失《うしな》っていました》

拓実《たくみ》は、ちらっと順《じゅん》の様子《ようす》をうかがった。緊張《きんちょう》したようすで肩《かた》に力《ちから》が入《はい》り、正座《せいざ》したひざをぎゅうっとにぎって、うつむいている。

順《じゅん》は顔《かお》をあげると、口《くち》をぱくぱくさせ、声《こえ》をふりしぼった。

「……ミュー、ジ、カ……」

また、お腹《なか》をおさえて、苦《くる》しそうになる。

「あぁ、もう、しゃべるなって」

うなずき、順《じゅん》は痛《いた》みをこらえている顔《かお》で、ガラケーをとりだすと、文字《もじ》を打《う》ちはじめた。

拓実《たくみ》のスマホに送《おく》ってくる。

《ミュージカルに、してほしいんです》

「ミュージカルに……？」

《ふれ交《こう》で、やりたいんです。わたしの物語《ものがたり》》

どうして、こんなにもミュージカルにこだわるのか、しかも自分《じぶん》で作《つく》った物語《ものがたり》なんて、と拓実《たくみ》はまだとまどっていた。

「いや、でも、オリジナルでミュージカルやるとなると、作曲《さっきょく》とかもだれかがやんなきゃだし」

すると、ひっしにとりすがるような表情《ひょうじょう》で、順《じゅん》が歌《うた》いだした。

「♪たまーごにー　ささーげよう……」

「いや、あれは、作曲《さっきょく》っていうか。ありもんの曲《きょく》に、ただ歌詞《かし》つけただけで」

そのメロディーが、何十年《なんじゅうねん》も前《まえ》の古《ふる》い古《ふる》い映画《えいが》のテーマ曲《きょく》だと、拓実《たくみ》は説明《せつめい》する。順《じゅん》もそれはわかっていたようで、テレビで聞《き》いた、とメッセージでこたえた。同《おな》じことをしてほしいらしい。また歌《うた》う。

「♪たまーごにー　ささーげ――」

そこへ、祖母《そぼ》がお茶《ちゃ》とお菓子《かし》を運《はこ》んできた。

「あら、いい声《こえ》ね」

はずかしそうに、真《ま》っ赤《か》になると、順《じゅん》はぱっと口《くち》を閉《と》じる。

(成瀬《なるせ》って、ころころとよく表情《ひょうじょう》が変《か》わるんだな。……そうか、ずっと、心《こころ》の中《なか》ではしゃべってるんだ。……おしゃべりな、女《おんな》の子《こ》……)

祖母《そぼ》は笑顔《えがお》で、順《じゅん》に話《はな》しかける。

「元気《げんき》になってよかった。成瀬《なるせ》さんのおじょうさんでしょ？」

話《はな》しかけられて、順《じゅん》がこまった顔《かお》になったので、拓実《たくみ》は急《いそ》いで祖母《そぼ》からお盆《ぼん》を受《う》けとると、部屋《へや》の外《そと》へおしだした。

「ばあちゃん。おれ、やるから。だいじょうぶ。ね？」

拓実《たくみ》が照《て》れているのだとかんちがいした祖母《そぼ》は、にこにこしながら、されるままに出《で》てゆく。ほっとした拓実《たくみ》がふりかえると、きちんと正座《せいざ》しなおした順《じゅん》が、両手《りょうて》をついて、ひたいをたたみにこすりつけるくらいまで、下《さ》げていた。

(まいったな……)

断《ことわ》れそうにない。まだ、ミュージカルをやる、と決《き》まったわけではないのだが……。

(仁藤《にとう》を味方《みかた》にできれば……どうにかなるか？)

「……まあ、さっき言《い》ったとおり、ありもんの曲《きょく》でいいなら、おれでも、なんとかなるかもしれないけど……」

がば、と体《からだ》をおこし、ぱあぁっ、と顔《かお》をかがやかせた順《じゅん》に、拓実《たくみ》はあせった。

「でも、仁藤《にとう》にも相談《そうだん》しないとな。……あと、この話《はなし》、最後《さいご》どうなんの？」

へ？　と言《い》いたげに、順《じゅん》のくちびるがかすかに動《うご》く。

「これで全部《ぜんぶ》じゃないだろ？　おまえの、本当《ほんとう》にしゃべりたいこと」

あ！　というかんじで、順《じゅん》が口《くち》を丸《まる》くした。

「言《い》いたいこと全部《ぜんぶ》、最後《さいご》まで、話《はなし》にできるか？」

真剣《しんけん》なようすで順《じゅん》は考《かんが》えこみ……決心《けっしん》したようにまっすぐ拓実《たくみ》を見《み》つめると、力強《ちからづよ》くうなずいた。

(本気《ほんき》だな。がんばるって……いや、もう、こんなに考《かんが》えて、教室《きょうしつ》でしゃべろうとして、がんばってんだ。……それなら、おれも)

拓実《たくみ》がほほえむと、順《じゅん》も笑顔《えがお》になった。

拓実《たくみ》にバス停《てい》まで送《おく》ってもらい、順《じゅん》は自宅《じたく》に帰《かえ》った。

(歌《うた》なら、気持《きも》ちを伝《つた》えられる。ママに、ふれ交《こう》に来《き》てもらって、わたしの気持《きも》ちの歌《うた》を、わたしの物語《ものがたり》を、聞《き》いてもらう。全部《ぜんぶ》、全部《ぜんぶ》。みんなにも、聞《き》いてもらう。わたしは、だめな子《こ》じゃない。考《かんが》えてることも、できることも、ちゃんとあるんだって)

順《じゅん》のむねがどきどきして、なかなかしずまらない。

(坂上《さかがみ》くん、やっぱり助《たす》けてくれた。やさしくて、才能《さいのう》があって、わたしの考《かんが》えていることわかってくれて、とてもすてきな人《ひと》)

翌日《よくじつ》、拓実《たくみ》は菜月《なつき》に、放課後《ほうかご》、ファミレスでふれ交《こう》の相談《そうだん》をしたい、と持《も》ちかけた。

そして学校《がっこう》の帰《かえ》り、順《じゅん》といっしょにファミレスの奥《おく》の席《せき》で待《ま》っていると、菜月《なつき》が田崎大《たさきだい》樹《き》をともなって現《あらわ》れた。大樹《だいき》はふきげんそうだ。

「田崎《たさき》……」

「ひまそうだったから。田崎《たさき》くんも実行委員《じっこういいん》だし」

むすっとしたまま、無言《むごん》で大樹《だいき》も席《せき》についた。

なぜ、大樹《だいき》の気《き》が変《か》わったのか、つかめなかったけれど、とりあえず、企画書《きかくしょ》――順《じゅん》がゆうべ、ガラケーから自宅《じたく》のパソコンに転送《てんそう》して、プリントしたあの物語《ものがたり》を、菜月《なつき》と大樹《だいき》にわたす。

ざっと目《め》を通《とお》して、菜月《なつき》がにこやかに順《じゅん》に聞《き》いた。

「ミュージカル……。このお話《はなし》、成瀬《なるせ》さんが書《か》いたの？」

「ああ、まだとちゅうだけど」

順《じゅん》の代《か》わりに、拓実《たくみ》がすばやくこたえた。順《じゅん》は、たのみこむような上目《うわめ》づかいで、じっと菜月《なつき》を見《み》つめる。大樹《だいき》は企画書《きかくしょ》を手《て》にとろうともせず、ただ、むすっとしていた。

拓実《たくみ》の反応《はんのう》のよさに、菜月《なつき》がとまどった顔《かお》になったとき――ファミレスの出入《でい》り口《ぐち》から、さわがしい声《こえ》が聞《き》こえてきた。四人《よにん》はいっせいにそちらを見《み》た。

野球部《やきゅうぶ》の二年生《にねんせい》が四人《よにん》、いつか昇降口《しょうこうぐち》で大樹《だいき》の悪口《わるくち》を言《い》っていたメンバーだ。彼《かれ》らは、拓実《たくみ》たちには気《き》づかず、大声《おおごえ》でしゃべりながら、別《べつ》のかべ際《ぎわ》の席《せき》へすわる。

「あいつら……」と、大樹《だいき》が口《くち》もとをゆがめた。まだ練習《れんしゅう》しているはずの時間《じかん》だ、と拓実《たくみ》も気《き》がついた。

そのとたん、大樹《だいき》が立《た》ちあがり、つかつかと、野球部員《やきゅうぶいん》たちに近《ちか》づいていった。彼《かれ》らはしゃべり続《つづ》けている。

「三嶋《みしま》さんも、キャプテンなのに、ぴりっとしねぇしさ」

「やっぱ、田崎《たさき》さんいねぇと、練習《れんしゅう》サボんの楽勝《らくしょう》だな」

「あんな練習《れんしゅう》、やる必要《ひつよう》ねぇよな。なあ、山路《やまじ》」

そのときやっと、一人《ひとり》が、鬼《おに》の形相《ぎょうそう》で背後《はいご》に立《た》っている大樹《だいき》に気《き》づいて、はじかれたように立《た》ちあがった。

「た……田崎《たさき》……先輩《せんぱい》……」

それで、山路《やまじ》以外《いがい》の部員《ぶいん》もふるえあがり、直立不動《ちょくりつふどう》になると、いっせいに最敬礼《さいけいれい》する。

「さーせんしたっ（すみませんでした）！」

店内《てんない》の客《きゃく》がみんなふりむく。ただならないようすに、拓実《たくみ》、菜月《なつき》、おくれて順《じゅん》も、何《なに》かあったら大樹《だいき》を止《と》めようと、追《お》った。

部員《ぶいん》たちが謝《あやま》っても、山路《やまじ》だけは動《うご》かない。大樹《だいき》が部員《ぶいん》たちをどなった。

「勝手《かって》に頭下《あたまさ》げてんじゃねぇよ！　三嶋《みしま》がどんだけ苦労《くろう》してるかも知《し》らねぇで。てめぇら、いったい、何《なに》してんだよ！」

するとで、山路《やまじ》がふてくされたような目《め》つきで、大樹《だいき》をにらんだ。

「……そりゃ、こっちのセリフっすよ。先輩《せんぱい》こそ、何《なに》やってんすか？　部《ぶ》にも顔出《かおだ》さねぇで、女連《おんなつ》れて」

山路《やまじ》が移《うつ》した視線《しせん》の先《さき》には、菜月《なつき》がいた。

「ちょっと、変《へん》なかんちがい、しないで――」

言《い》いかけた菜月《なつき》にかまわず、山路《やまじ》は言《い》いたい放題《ほうだい》にわめきだす。

「いっつも、えらそうなことばっか、言《い》いやがって！　なぁにが、『今《いま》のエースはおまえだ』だよ！　目障《めざわ》りなんだよ！　どうせなら、おれの前《まえ》から、すっかり消《き》えてくれよ!!」

かっとなった大樹《だいき》が、こぶしをふりあげかけた――そのしゅんかん。

「……いっ……いいかげんに、しろぉっ」

絶叫《ぜっきょう》したのは、順《じゅん》だった。全員《ぜんいん》があぜんとする中《なか》、順《じゅん》が早口《はやくち》でさけぶ。

「消《き》えろとかっ、そんなかんたんに言《い》うな！　……言葉《ことば》は、傷《きず》つけるんだからっ。ぜったいに……もう、とりもどせないんだからぁっ」

こんな大声《おおごえ》と、らんぼうな言葉《ことば》が、順《じゅん》の口《くち》から飛《と》びだすなんて。

大樹《だいき》が、後《うし》ろからいきなりつきとばされたような、ぽかんとした顔《かお》で、順《じゅん》を見《み》つめる。

拓実《たくみ》も、何《なに》がおきたのか、すぐにはわからないほどだった。菜月《なつき》もそうらしい。

「……成《なる》……瀬《せ》……??」

拓実《たくみ》のよびかけに、順《じゅん》はわれに返《かえ》ったらしい。ふいに、ううぅっ、とうめくと、お腹《なか》をおさえてうずくまり、そのまま、どたり、とたおれてしまう。

「成瀬《なるせ》！」

飛《と》びついてかかえおこしたのは、大樹《だいき》だった。

4 もっとも重大《じゅうだい》な罪《つみ》は

拓実《たくみ》たちは、順《じゅん》を近《ちか》くの市民病院《しみんびょういん》へ運《はこ》びこんだ。幸《さいわ》い、治療室《ちりょうしつ》のベッドでしばらく休《やす》んだら、順《じゅん》は回復《かいふく》した。ロビーのソファでようすを見《み》ていると、病院《びょういん》から電話《でんわ》を受《う》けた、順《じゅん》の母《はは》——成瀬泉《なるせいずみ》がかけこんできた。

なので、拓実《たくみ》たちは、あとをまかせて帰《かえ》ろうとした。

ソファにすわっている順《じゅん》を見《み》て、ほっとしたようすだった泉《いずみ》だが、順《じゅん》がお腹《なか》に手《て》を当《あ》てているのに気《き》づいたとたん、表情《ひょうじょう》を曇《くも》らせた。

「順《じゅん》、また、お腹痛《なかいた》いの？　……もう、いいかげんにしてよっ」

心配《しんぱい》するどころか、順《じゅん》を責《せ》めはじめた泉《いずみ》に、拓実《たくみ》たちはとまどい、帰《かえ》るに帰《かえ》れなくなってしまった。三人《さんにん》で顔《かお》を見《み》あわせ、ロビーのすみから、こっそりうかがうしかできない。

泉《いずみ》は頭《あたま》をかかえ、無言《むごん》でうつむく順《じゅん》の前《まえ》にうずくまった。

「なんで、そうなっちゃうの？　そんなにわたしを、こまらせたい？」

ひどい言葉《ことば》に、大樹《だいき》が飛《と》びだそうとして、菜月《なつき》にひきとめられる。順《じゅん》は目《め》にいっぱいなみだをため、責《せ》められても、ひたすら、首《くび》を横《よこ》にふっていた。

泉《いずみ》は順《じゅん》を見《み》ようともせず、ゆかにむかってどなる。

「……何《なに》か言《い》ってよ！　ママ、もう、順《じゅん》のこと、全然《ぜんぜん》わかんない！」

ずっと、母《はは》のこんな言葉《ことば》がくりかえされてきたのか、言《い》い返《かえ》したくてもできなくて、ずっと、ずっとがまんしてきたのか、と思《おも》うと拓実《たくみ》はたまらなくなった。こらえきれず、大《おお》またで泉《いずみ》へと歩《あゆ》みよる。

「あのっ」

ぎくっと肩《かた》をふるわせて、泉《いずみ》が拓実《たくみ》をこわごわと見《み》あげた。

「……坂上《さかがみ》さん……」

拓実《たくみ》のことはおぼえていたようだ。拓実《たくみ》はもう数歩《すうほ》、泉《いずみ》に近《ちか》よった。信《しん》じてほしいから、どならず、静《しず》かに言《い》う。

「成瀬《なるせ》――順《じゅん》さんは、明《あか》るいやつです」

「えっ⁉」

泉《いずみ》が聞《き》き返《かえ》すのと同時《どうじ》に、順《じゅん》も目《め》を見《み》ひらいた。

「なんつーか、しゃべれないけど、心《こころ》の中《なか》ではいっぱいしゃべってるっつーか。きょう、腹《はら》が痛《いた》くなったのも、おれたちの……友《とも》だちのために、むちゃしてくれたからで……」

視線《しせん》をゆかにむけたまま、泉《いずみ》が反論《はんろん》できずにいる。

「つまり、その……成瀬《なるせ》は、いつもちゃんと、がんばってるんです」

失礼《しつれい》します、と言《い》って拓実《たくみ》がふりむくと、菜月《なつき》がおどろいた顔《かお》で、拓実《たくみ》をまじまじと見《み》つめていた。大樹《だいき》はほっとしているようだ。


そのまま市民病院《しみんびょういん》を出《で》て、拓実《たくみ》たちは帰《かえ》り道《みち》についた。もうすっかり、日《ひ》がかたむいていた。

方向《ほうこう》のちがう大樹《だいき》と別《わか》れ、拓実《たくみ》と菜月《なつき》はふたりで、菜月《なつき》の家《いえ》の近《ちか》くの住宅街《じゅうたくがい》を歩《ある》く。つきあっていたころ、よくふたりで歩《ある》いた帰《かえ》り道《みち》だった。菜月《なつき》がつぶやいた。

「なんか、おどろいちゃった」

「何《なに》が？」

「んー……なんか、いろいろ」

笑《え》みをたたえ、明《あか》るい声《こえ》のわりには、拓実《たくみ》から視線《しせん》を外《はず》している菜月《なつき》に、拓実《たくみ》はどうこたえたらいいのかわからなくなった。菜月《なつき》が急《きゅう》に話題《わだい》を変《か》える。

「あ、あの話《はなし》、いいね。成瀬《なるせ》さんの書《か》いた」

「あ、ああ……」

「わたし、やりたいかも」

「えっ、ホント？」

「うん。なんかね、ぐさっと来《き》たんだ。『もっとも重大《じゅうだい》な罪《つみ》は、言葉《ことば》で人《ひと》を傷《きず》つけることだ』ってとこ。……わたしも中学《ちゅうがく》のとき、坂上《さかがみ》くんにひどいこと言《い》ったから……」

——拓実《たくみ》も、はっきりとおぼえている。

あれは、拓実《たくみ》の両親《りょうしん》が離婚《りこん》したすぐあと、せまい街《まち》のうわさになっていたときだ。

拓実《たくみ》が教室《きょうしつ》へ入《はい》ろうとしたら、菜月《なつき》に、クラスの男子《だんし》がふたり、つめよっていた。

『まさか、知《し》らねぇの？　おまえ、坂上《さかがみ》の彼女《かのじょ》なんだろ？』

『え、マジで？　仁藤《にとう》、坂上《さかがみ》なんかとつきあってたの？　にあわねぇ～』

『なあ、なんで親《おや》に捨《す》てられたんだよ。くわしく教《おし》えろよ』

すると菜月《なつき》は、こまったように小《ちい》さな声《こえ》でこたえた。

『わたし……坂上《さかがみ》くんの彼女《かのじょ》じゃ……ない』

こまっている菜月《なつき》に、男子《だんし》たちはにやにやすると、わざと聞《き》き返《かえ》した。

『ええ？』

『坂上《さかがみ》くんとなんか、つきあってないから！』

さけんで、教室《きょうしつ》から出《で》ようとした菜月《なつき》が、開《ひら》いたドアのところにつっ立《た》っていた拓実《たくみ》と、まともに目《め》をあわせてしまい……青《あお》ざめたのだ。

それはちょうど、ホワイトデーのできごとで、ふたりの仲《なか》がぎくしゃくしはじめるきっかけになった。

夕方《ゆうがた》の黄色《きいろ》い光《ひかり》の中《なか》で、菜月《なつき》が話《はな》し続《つづ》ける。

「あのとき、わたし、坂上《さかがみ》くんの家《いえ》のこと、何《なに》も知《し》らなくて。つきあえることになって、ひとりでうかれてて。坂上《さかがみ》くん、本当《ほんとう》は大変《たいへん》なときだったのに。何《なに》も気《き》づいてあげられなかったし、力《ちから》になれなかったことが、すごくはずかしくて……彼女《かのじょ》です、なんて言《い》う勇気《ゆうき》、なくて」

「そっか」

何《なに》も話《はな》さなかったのは、いつもと変《か》わらないふりをしようとしていたのは、拓実《たくみ》のほうだ。心配《しんぱい》かけたくなかった。カッコつけて、強《つよ》がっていたのかもしれない。

もっとも、変《か》わらないふりなんて、じつはできていなかったのだろう。

菜月《なつき》の言葉《ことば》に、つかんでいたロープをまた一本《いっぽん》、切《き》り落《お》とされた気分《きぶん》になったのだから。

そして、菜月《なつき》とうまく接《せっ》することができなくなっていったのだから。

「……あのとき、おれ、自分《じぶん》のことにいっぱいいっぱいで、仁藤《にとう》に何《なに》も話《はな》してなかったもんな」

「……ごめんなさい」

菜月《なつき》が謝《あやま》った。でも、菜月《なつき》は何《なに》も悪《わる》くないのだ。だから、拓実《たくみ》は笑顔《えがお》をむけた。

「いいって、そういうの。もう、なんとも思《おも》ってないし」

本当《ほんとう》は……謝《あやま》らなければならないのは、自分《じぶん》のほうだ。でも、まだ、うまく言《い》えない。

むねが痛《いた》んだ。あのときと同《おな》じように。

（あのとき、仁藤《にとう》をかばって、どうどうとすればよかったのに……できなかった。彼女《かのじょ》じゃないって言《い》われても、しかたないって思《おも》って……）

うずくようなこの痛《いた》みは、当分消《とうぶんき》えそうにない。

菜月《なつき》が、せつなげに拓実《たくみ》を見《み》つめているので、拓実《たくみ》はつい、視線《しせん》をそらして、先《さき》へと歩《ある》きはじめる。

「……でも、喜《よろこ》ぶだろうな、成瀬《なるせ》。仁藤《にとう》がミュージカルに賛成《さんせい》したと知《し》ったら」

「……成瀬《なるせ》……さん……」

背《せ》をむけていた拓実《たくみ》は、菜月《なつき》がものすごく傷《きず》ついた顔《かお》をかくさなかったことに、気《き》づかなかった。

「おれさ、おふくろとのことがあってから、自分《じぶん》の本音《ほんね》言《い》うの、ついさけちゃって。……

でも、成瀬《なるせ》が、思《おも》ってること伝《つた》えようって、がんばってんの見《み》たら、なんか、こう……」

「やっぱり、坂上《さかがみ》くん、成瀬《なるせ》さんのこと……」

菜月《なつき》が苦《くる》しげにもらしたつぶやきも、どうにか、うまく言葉《ことば》をえらんで言《い》おうとしている拓実《たくみ》は、聞《き》いているよゆうがなかった。本音《ほんね》を言《い》えなかったことを伝《つた》え、わかってもらいたくて……。

「なんつーか、なんか、成瀬《なるせ》のこと、応援《おうえん》したくなるっつーかさ……」

まるで遠回《とおまわ》りなことを、むなしくしゃべり続《つづ》ける。けれど、応援《おうえん》したくなった、というのは、これまた本当《ほんとう》の気持《きも》ちだ。

菜月《なつき》がだまっているので、拓実《たくみ》はようやくふりかえった。菜月《なつき》はうつむいて、立《た》ちつくしていた。

「仁藤《にとう》？」

すると、ぎく、と小《ちい》さくふるえ、顔《かお》をあげた菜月《なつき》は、にっこりとほほえみを作《つく》っていた。

元気《げんき》そうに歩《ある》きだす。

「わたしも応援《おうえん》する。成瀬《なるせ》さんのことも、坂上《さかがみ》くんのことも」

「え？　なんで、おれ？」

笑顔《えがお》なのに、菜月《なつき》は拓実《たくみ》を見《み》ようともせず、ずんずんと歩《ある》いていってしまう。

「チアリーダーの血《ち》がさわぐからに、決《き》まってるでしょ」

菜月《なつき》の顔《かお》が、くしゃっ、と、悲《かな》しそうにゆがんだけれど、これも拓実《たくみ》からは見《み》えなかった。菜月《なつき》が応援《おうえん》してくれることに、ただ、安心《あんしん》しただけだった。

同《おな》じころ、病院《びょういん》の会計《かいけい》をすませた母《はは》の泉《いずみ》と、順《じゅん》は駐車場《ちゅうしゃじょう》に止《と》めていた自動車《じどうしゃ》に乗《の》りこんだ。母《はは》が「……友《とも》だちが……いたのね……」とつぶやいたけれど、順《じゅん》は聞《き》いてなどいなかった。

──『順《じゅん》さんは、明《あか》るいやつです』

──『成瀬《なるせ》は、いつもちゃんと、がんばってるんです』

(坂上《さかがみ》くん、ちゃんとわたしのこと、わかってくれる。ちゃんと、わたしの気持《きも》ち、言《い》いたいこと、みとめてくれる)

そんな人《ひと》が順《じゅん》のそばにいたのは、初《はじ》めてだった。家族《かぞく》でさえ、わかってくれなかったのに。しゃべることができたときだって、本当《ほんとう》にちゃんと聞《き》いてくれる人《ひと》がいると、実感《じっかん》したことがなかったと、気《き》がついていた。
だから、いっぱい、いっぱい、いーっぱい、とどくまでしゃべるしかなかったのだ。
痛《いた》いくらいに、むねがどきどきして、きゅーんっと、なって、なんだかちょっと苦《くる》しくて……でも、とても、とても、うれしかった。
心《こころ》のメモ帳《ちょう》に、物語《ものがたり》の新《あたら》しい展開《てんかい》を書《か》きとめる。
《言葉《ことば》を失《うしな》った少女《しょうじょ》のもとに、王子様《おうじさま》が現《あらわ》れる……王子様《おうじさま》は、悲《かな》しい言葉《ことば》でその身《み》を満《み》たした少女《しょうじょ》に、とても尊《とうと》い、幸《しあわ》せな言葉《ことば》をあげたのです》
――『順《じゅん》さんは、明《あか》るいやつです』
幸《しあわ》せな言葉《ことば》を、なんども、なんども、心《こころ》の中《なか》によび返《かえ》す。

同《おな》じころ、暗《くら》くなる前《まえ》には家《いえ》に入《はい》りづらくて、大樹《だいき》は自宅近《じたくちか》くのファストフード店《てん》で、窓《まど》ごしに夕焼《ゆうや》け空《ぞら》をながめながら、時間《じかん》をつぶしていた。
することもなくて、手持《ても》ちぶさたな大樹《だいき》は、持《も》ってきていた企画書《きかくしょ》を、あらためてながめた。……作《さく》：成瀬《なるせ》順《じゅん》、の文字《もじ》が、表紙《ひょうし》に書《か》かれている。

(成瀬《なるせ》……あんな声《こえ》、出《だ》せるのか……出《だ》してくれたんだ、オレのために、がんばって)

――『……言葉《ことば》は、傷《きず》つけるんだからっ。ぜったいに……もう、とりもどせないんだからぁっ』

順《じゅん》のさけびが、耳《みみ》から消《き》えなくなる。そして、にらみつけてきた山路《やまじ》のひとみの色《いろ》も。

(オレも……傷《きず》つけてたんだな、あいつらのこと)

大樹《だいき》は、五《ご》か月前《げつまえ》のことを思《おも》いだした。


その秋《あき》、揚羽高校野球部《あげはこうこうやきゅうぶ》は、甲子園球場《こうしえんきゅうじょう》で開《ひら》かれる春《はる》の選抜高校野球大会《せんばつこうこうやきゅうたいかい》をめざし、地区大会《くたいかい》にいどんでいた。エースピッチャーをひきついだのは大樹《だいき》で、夏《なつ》の県大会《けんたいかい》でも先輩《せんぱい》との継投《けいとう》で準決勝《じゅんけっしょう》まで勝《か》ち進《すす》み、今度《こんど》こそは、と期待《きたい》されていた。

試合《しあい》に出発《しゅっぱつ》するとき、部室《ぶしつ》の前《まえ》にはられた『めざせ！　揚羽高校初《あげはこうこうはつ》　甲子園出場《こうしえんしゅつじょう》！』の横断幕《おうだんまく》を背《せ》に、大樹《だいき》は部員《ぶいん》たちに宣言《せんげん》した。

「オレは、おまえたちを、ぜったい、甲子園《こうしえん》へ連《つ》れていく。オレを信《しん》じて、ついてきてくれ！」

「はいっスっ!!」

元気《げんき》よくこたえる部員《ぶいん》たちの中《なか》には、あこがれのまなざしで大樹《だいき》を見《み》つめる、控《ひか》えピッチャーの山路《やまじ》もいた。

しかし……その試合《しあい》のとちゅうで、大樹《だいき》は利《き》き手《て》の右《みぎ》ひじに違和感《いわかん》をおぼえ、変化球《へんかきゅう》がうまく投《な》げられず、ボールのスピードも落《お》ちて、さんざんに打《う》たれてしまったのだ。予想《よそう》外《がい》の大敗《たいはい》に、部員全員《ぶいんぜんいん》が号泣《ごうきゅう》した。

だれも、表《おもて》だっては、大樹《だいき》を責《せ》めなかった。けれど、親友《しんゆう》の三嶋《みしま》以外《いがい》、大樹《だいき》を見《み》る目《め》が、ひどく冷《つめ》たくなってしまった。

けっきょく、大樹《だいき》のひじの故障《こしょう》は、今《いま》も完全《かんぜん》にはなおっていない。医師《いし》からは、右《みぎ》うでを使《つか》うことを止《と》められている。

（みんなを勇気《ゆうき》づけたくて、あんな約束《やくそく》したけど……オレは、根拠《こんきょ》のない自信《じしん》をもとに、えらそーにしたかっただけ、なのかもしれねぇ。練習《れんしゅう》でどなったのも、オレがいなくても、みんなに強《つよ》くなってほしかっただけなんだけど……。裏切《うらぎ》りもんが、ウソつきが、何言《なにい》ってんだって、うざがられてただけだったんだ）

くやしさと、はずかしさと、いらだちがまたこみあげてきて、大樹《だいき》は左《ひだり》こぶしで顔《かお》をごしごしこすった。

そして、深呼吸《しんこきゅう》し、企画書《きかくしょ》のページをめくってみる――。

ファミレスでの一件《いっけん》があった翌日《よくじつ》の放課後《ほうかご》、音楽準備室《おんがくじゅんびしつ》で、第二回《だいにかい》の「地域《ちいき》ふれあい交流会《こうりゅうかい》」実行委員会《じっこういいんかい》が開《ひら》かれた。オリジナルでミュージカルをやりたい、クラスのみんなは説得《せっとく》する、と拓実《たくみ》と菜月《なつき》が順《じゅん》とともに、城嶋先生《じょうしませんせい》に伝《つた》えたからだ。

いすにこしかけた三人《さんにん》を見《み》わたして、城嶋先生《じょうしませんせい》は感激《かんげき》していた。

「いやぁ、おれはうれしいよ。おまえらが本気《ほんき》で、ミュージカルやる気《き》になってくれて。あとは、田崎《たさき》か……」

「さすがに、それは無理《むり》なんじゃ……」

と拓実《たくみ》が言《い》いかけると、城嶋先生《じょうしませんせい》はにやっとして、拓実《たくみ》にささやいた。

「何言《なにい》ってんの。古今東西《ここんとうざい》ミュージカルってのは、たいてい奇跡《きせき》がおこるもんなんだよ？」

まさにそこへ、「失礼《しつれい》します！」と、礼儀正《れいぎただ》しいあいさつをして、大樹《だいき》が入《はい》ってきた。

ちゃんと来《く》るなんて、と拓実《たくみ》たちがおどろいていると、大樹《だいき》はけわしい顔《かお》つきで、まっすぐ順《じゅん》の前《まえ》に行《い》く。菜月《なつき》が急《いそ》いでいすからこしをうかせ、となりにすわっている順《じゅん》をかばおうとした。

「ちょ……田崎《たさき》くん、何《なに》？」

順《じゅん》をにらむように見《み》すえた大樹《だいき》は……がばっ、といきなり深《ふか》く頭《あたま》を下《さ》げた。

「成瀬《なるせ》。この前《まえ》は、ひでぇこと言《い》って、悪《わる》かった！」

順《じゅん》が目《め》を丸《まる》くして、かたまる。

「そんで、よかったら、おまえらのやろうとしてるやつ、オレにも手伝《てつだ》わせてくれねぇか」

とつぜんの変化《へんか》に、全員《ぜんいん》がびっくりしすぎて、なんと言《い》ったらいいのか、わからない。

流《なが》れる沈黙《ちんもく》に、大樹《だいき》がしゅん、となった。

「……やっぱ、ダメか……」

とたんに、ぱっ、と順《じゅん》がいすから元気《げんき》に立《た》ちあがった。大樹《だいき》に負《ま》けないくらい、深《ふか》く頭《あたま》を下《さ》げる。大樹《だいき》がとまどった。

「え……えーっと……」

顔《かお》をあげた順《じゅん》が、にこにこしている。拓実《たくみ》は、順《じゅん》が喜《よろこ》んでいるのだとわかり、大樹《だいき》に通《つう》訳《やく》した。

「よろしく、ってさ」

大樹《だいき》が真《ま》っ赤《か》になって照《て》れる。

「お、おう……よろしく」

あぜんとしている菜月《なつき》に、城嶋先生《じょうしませんせい》がにんまりして言《い》った。

「な、おきたじゃん、奇跡《きせき》」

ほっと笑顔《えがお》に変《か》わり、菜月《なつき》もうなずいた。

翌日《よくじつ》のホームルームで、拓実《たくみ》たち実行委員《じっこういいん》の四人《よにん》は、クラス全員《ぜんいん》に、順《じゅん》が書《か》いた企画書《きかくしょ》を配《くば》った。物語《ものがたり》のラストは書《か》かれていないが、クライマックスまではできているバージョンだ。音楽《おんがく》は、すでにある有名《ゆうめい》な曲《きょく》を使《つか》った替《か》え歌《うた》にする、とも書《か》かれている。

企画書《きかくしょ》が行《い》きわたったところで、菜月《なつき》が企画書《きかくしょ》をかかげて、言《い》った。

「――ということで、今回《こんかい》のふれ交《こう》の演《だ》しものに、この、成瀬《なるせ》さんが書《か》いた、ミュージカルをやりたいと思《おも》っています」

当然《とうぜん》というか、「ええーっ」と、みんなから不満《ふまん》がふきだす。

「めんどくさーい」

「もっと楽《らく》なのがいい」

「歌《うた》っておどるって……」

「なんでこんな、はずかしいことすんの」

「オレはやんねぇからな」

収拾《しゅうしゅう》がつかなくなりかけるほど、やかましくなったところを、がまんできなくなったらしい大樹《だいき》がどなりつけた。

「意見《いけん》があるやつは、手《て》ぇあげて言《い》え！」

グラウンドできたえた大声《おおごえ》に、全員《ぜんいん》が首《くび》をすくめてだまる。すると、ひとりの女子《じょし》が手《て》をあげ、さめた口調《くちょう》で反論《はんろん》した。

「何熱《なにあつ》くなってんの。田崎《たさき》、自分《じぶん》だって、ミュージカル反対《はんたい》してたくせに」

大樹《だいき》が真剣《しんけん》な顔《かお》でこたえる。

「ああ、そうだよ。でもオレは……がんばってる成瀬《なるせ》に感動《かんどう》したんだ！　だから、やるんだよ！」

その言葉《ことば》に、三嶋《みしま》がおどろいたのを、拓実《たくみ》は見《み》のがさなかった。女子《じょし》は口《くち》をとがらせ、まだ言《い》いつのる。

「なぁに、それ。それって、田崎個人《たさきこじん》の問題《もんだい》じゃん？」

すると、仲《なか》のよいほかの女子《じょし》も数人《すうにん》、賛成《さんせい》した。

「わたしたちには関係《かんけい》ないし。ねぇ？」

うんうん、そうそう、とうなずきあう。クラス全体《ぜんたい》に同調《どうちょう》ムードが広《ひろ》がりかけたので、大樹《だいき》が顔《かお》をしかめ、菜月《なつき》もこまり顔《がお》になる。順《じゅん》がくちびるをかんだ。

見守《みまも》っていた拓実《たくみ》は、思《おも》いきって口《くち》をはさんだ。

「おれも！」

「拓《たく》ちゃん？」と、拓実《たくみ》と仲《なか》のいい相沢《あいざわ》と岩木《いわき》が注目《ちゅうもく》する。拓実《たくみ》は一気《いっき》にぶちまけた。

「最初《さいしょ》は正直《しょうじき》、ふれ交《こう》なんてどうでもいいと思《おも》ってた。でも成瀬《なるせ》が、しゃべると腹《はら》が痛《いた》くなる成瀬《なるせ》が、本気《ほんき》で、自分《じぶん》の言葉《ことば》伝《つた》えたいって、この話考《はなしかんが》えてきて……」

人《ひと》と関《かか》わりたがらない、おとなしいイメージの拓実《たくみ》が、熱《あつ》く語《かた》る勢《いきお》いにおされ、クラス全員《ぜんいん》が静《しず》まりかえる。

「おれ、今《いま》まで何《なに》かに本気《ほんき》になったことなんてないから、高校生活《こうこうせいかつ》の最後《さいご》くらい、本気《ほんき》なやつに乗《の》っかってみるのも、おもしろいんじゃないかって」

拓実《たくみ》が順《じゅん》を見《み》やると、順《じゅん》はうれしそうにほっぺたをピンクにしていた。視線《しせん》が交《まじ》わると、順《じゅん》がはにかむ。菜月《なつき》もきっぱりと言《い》った。

「わたしも、坂上《さかがみ》くんと同《おな》じ気持《きも》ちです。たしかに、時間《じかん》はないし、大変《たいへん》だと思《おも》うけど、実行委員《じっこういいん》として、せいいっぱいのことはやる。だから――」

どうする？　どうしようか、と女子《じょし》の一部《いちぶ》がざわつきはじめる。

「協力《きょうりょく》する気《き》はあるんだけど」

「でも部活《ぶかつ》が」

「塾《じゅく》あるし」

次第《しだい》に、クラス全体《ぜんたい》がざわざわしはじめた……そして。

「いいんじゃん？」

と、手《て》をあげたのは、チアリーダー部《ぶ》の宇野《うの》だった。

「やっぱ、どうせやるなら、はでなほうがいいし。それにこの話《はなし》、なんだかおもしろそうだし？」

同《おな》じくチアリーダー部《ぶ》の江田《えだ》が賛成意見《さんせいいけん》をのべる。

「ミュージカルなら、ダンスとかもあるよね。わたし、ふりつけとか、やってみたかったんだ」

そこへ、相沢《あいざわ》が乗《の》っかった。

「拓《たく》！　曲《きょく》は、おれたちがやっていいんだよな？」

「え？　あ、ああ……」

そうか、と拓実《たくみ》は気《き》づいた。歌《うた》の伴奏《ばんそう》のことを、あまり考《かんが》えていなかった。オーケストラが演奏《えんそう》している音源《おんげん》にあわせ、歌《うた》おうかと……けれど、DTM《ディーティーエム》研究会《けんきゅうかい》の相沢《あいざわ》と岩木《いわき》が得意《とくい》なのは、パソコンソフトを使《つか》って、オリジナルの編曲《へんきょく》をすることなのだ。

拓実《たくみ》が笑顔《えがお》でうなずくと、岩木《いわき》がむねをはる。

「DTM《ディーティーエム》研究会《けんきゅうかい》の晴《は》れ舞台《ぶたい》だね」

三嶋《みしま》も手《て》をあげた。

「おれも賛成《さんせい》！　部活《ぶかつ》あるし、あんま手伝《てつだ》えねぇと思《おも》うけど、みんな、できる範囲《はんい》でがんばれば、なんとかなるんじゃね？　な、実行委員《じっこういいん》？」

三嶋《みしま》から目配《めくば》せされ、大樹《だいき》が「お、おう！　もちろん」と大《おお》きくうなずく。

クラスのふんいきは、賛成《さんせい》するほうへとかたむいていった。乗《の》り気《き》になった生徒《せいと》が、口《くち》ぐちに声《こえ》をあげる。

「まあ、高校最後《こうこうさいご》のイベントだしな」

「たしかにこの話《はなし》、おもしろいかも」

「わたし、衣装《いしょう》やりたい」と家庭科部《かていかぶ》の女子《じょし》が言《い》えば、負《ま》けじと「オレ、背景《はいけい》」と美術部《びじゅつぶ》の男子《だんし》も言《い》う。

すると、最初《さいしょ》に反論《はんろん》した女子《じょし》が、また聞《き》いた。

「でも、配役《はいやく》は？　これ、主役《しゅやく》だけ、すげぇ大変《たいへん》そうなんだけど」

「あ、それは、これから決《き》め――」

菜月《なつき》が言《い》いかけると、大樹《だいき》がわりこむ。

「え？　主役《しゅやく》って、成瀬《なるせ》がやるんだろ？」

その言葉《ことば》を耳《みみ》にして、順《じゅん》が息《いき》をすいこんだまま、かたまってしまう。クラス全員《ぜんいん》が、いっせいに順《じゅん》を見《み》た。

拓実《たくみ》も、これは順《じゅん》の物語《ものがたり》で、順自身《じゅんじしん》が歌《うた》いたい、伝《つた》えたいのだと、思《おも》っていた。

「やらないの？」

拓実《たくみ》が順《じゅん》をうながすと、順《じゅん》はもじもじして、視線《しせん》をさまよわせて、すこしためらい……

思《おも》いきったように、えいっ、といきおいよく手《て》をあげた。

「おお！」とクラスがどよめき、大《おお》きな拍手《はくしゅ》がわきおこった。

「じゃ、決《き》まりだな」

拓実《たくみ》が宣言《せんげん》し、三年二組《さんねんにくみ》のふれ交《こう》の演《だ》しものは、作《さく》と主演《しゅえん》が成瀬順《なるせじゅん》のミュージカルに決《き》まった。

放課後《ほうかご》、大樹《だいき》は部活《ぶかつ》へと急《いそ》ぐ三嶋《みしま》を、廊下《ろうか》でよびとめた。

「三嶋《みしま》、さっきはありがとな」

三嶋《みしま》は照《て》れ笑《わら》いした。

「ひさしぶりに見《み》たからさ。大《だい》ちゃんの、元気《げんき》な顔《かお》」

ずっと三嶋《みしま》が心配《しんぱい》してくれていたことが伝《つた》わり、大樹《だいき》も照《て》れた。

「……オレ、しばらく部活出《ぶかつで》れねぇけど」

「わかってる」

ぽん、と温《あたた》かな手《て》が、大樹《だいき》の背《せ》に置《お》かれた。

「あ、でも、大《だい》ちゃん、来月《らいげつ》の練習試合《れんしゅうじあい》には、顔《かお》、出《だ》してくれよな。後輩《こうはい》たちもなんだかんだ言《い》って、大《だい》ちゃんのこと、待《ま》ってると思《おも》うし」

だと、いいんだけど……と、大樹《だいき》は苦笑《くしょう》し、三嶋《みしま》の肩《かた》を軽《かる》くたたきかえす。ありがとう、という気持《きも》ちをこめて。

5 玉子《たまご》にささげる言葉《ことば》

ミュージカルをやる、と決《き》まった時点《じてん》で、ふれ交《こう》の本番《ほんばん》までは、ちょうど一《いっ》か月《げつ》だった。クラス全員《ぜんいん》に役割分担《やくわりぶんたん》が決《き》まり、それぞれ活動《かつどう》しはじめる。

脚本《きゃくほん》が完成《かんせい》していないので、順《じゅん》がまずはそれを書《か》くことになった。すぐに順《じゅん》は歌詞《かし》を書《か》いてきて、放課後《ほうかご》に校舎《こうしゃ》の屋上《おくじょう》で開《ひら》かれた自主実行委員会《じしゅじっこういいんかい》で、拓実《たくみ》・菜月《なつき》・大樹《だいき》にプリントを配《くば》る。

「え？　もう歌詞《かし》考《かんが》えてきたの？」

「すごいな……話《はなし》ができてるとこまで、全部《ぜんぶ》？」

菜月《なつき》と拓実《たくみ》が感心《かんしん》すると、順《じゅん》がうれしそうにほほえむ。大樹《だいき》は『作曲《さっきょく》：坂上拓実《さかがみたくみ》』の文《も》字《じ》のほうに感心《かんしん》していた。

「坂上《さかがみ》、おまえ、作曲《さっきょく》できるのか？」

「作曲《さっきょく》じゃなくて、ありもんの曲《きょく》に、歌詞《かし》組《く》みあわせただけだけど」

そう言《い》って照《て》れる拓実《たくみ》を、順《じゅん》がきらきらした目《め》で、うっとりと見《み》つめている。

菜月《なつき》は、順《じゅん》の目《め》がいつも拓実《たくみ》を追《お》いかけていることに、気《き》がついていた。

(成瀬《なるせ》さん……坂上《さかがみ》くんのこと……好《す》きなんだ)

そして、苦《にが》いものをのみこんだような、いやなかんじがのどの奥《おく》に広《ひろ》がった。

(坂上《さかがみ》くんだって……)

もう、拓実《たくみ》の彼女《かのじょ》じゃなくなったのに……ちゃんと別《わか》れたわけではないけれど、どう考《かんが》えたって、つきあっているとはいえない。

だから、こんな気持《きも》ちになるのは、みっともない。それに、今《いま》の菜月《なつき》には、拓実《たくみ》を好《す》きでいる資格《しかく》はたぶん、ない。中学《ちゅうがく》のとき、何《なに》も相談《そうだん》してもらえなかったというのは、それだけ浅《あさ》いつながりだったのだ。つきあっているときでさえ、そんなだった関係《かんけい》を、今《いま》さら、どうにもできない。

だから、できることは……ふたりを応援《おうえん》すること。

菜月《なつき》がひとり、ひそかに考《かんが》えているあいだ、拓実《たくみ》と大樹《だいき》は、笑顔《えがお》の順《じゅん》をはさんで、楽《たの》しそうに話《はな》している。

菜月《なつき》が静《しず》かなのに気《き》づいたのか、ふいに拓実《たくみ》が話《はなし》をふってきた。

「でも、なんつーか……ホントにおれ、王子役《おうじやく》、やんなきゃだめ？」

菜月《なつき》はわれに返《かえ》った。

「し、しかたないでしょ」

心《こころ》をさとられないよう、笑《え》みを作《つく》って、明《あか》るく言《い》う。

「実行委員《じっこういいん》として、できるだけがんばるって言《い》っちゃったんだから」

配役《はいやく》は、クラス全員《ぜんいん》で話《はな》しあって決《き》めたのだが……順《じゅん》が演《えん》じる「少女《しょうじょ》」の相手役《あいてやく》である「王子《おうじ》」と、メインの悪役《あくやく》の「玉子《たまご》」は、セリフの多《おお》さにみんながしりごみした末《すえ》に、けっきょく実行委員《じっこういいん》がやることになった。

大樹《だいき》が拓実《たくみ》につめよる。

「おまえなんかまだ、人間《にんげん》だからいいだろ。オレなんて、玉子《たまご》だぞ、玉子《たまご》」

不満《ふまん》そうな口《くち》ぶりに、順《じゅん》がしょげてしまった。大樹《だいき》はあせり、フォローをはじめる。

「あ、いや、悪《わる》い、成瀬《なるせ》のせいじゃないんだ。オレが言《い》いたかったのは、どうせオレは、坂上《さかがみ》とちがって、悪人面《あくにんづら》ってことで、つまり、まあ、えっと、ぴったりだな――」

自虐《じぎゃく》オチに、けらけら笑《わら》う拓実《たくみ》と、つられて笑《わら》う大樹《だいき》、うれしそうに拓実《たくみ》を見《み》ている順《じゅん》……菜月《なつき》は、せつなさで、むねをこがしていた。

（坂上《さかがみ》くん……こんなに笑《わら》うなんて。笑顔《えがお》がにあってたなんて……知《し》らなかった。わたし、そばにいても、何《なに》も知《し》らなかった……）

三年二組《さんねんにくみ》の教室《きょうしつ》の後《うし》ろにある掲示板《けいじばん》には、大《おお》きな模造紙《もぞうし》に書《か》かれたスケジュール表《ひょう》がはりだされた。順《じゅん》の手書《てが》きだ。

『スケジュール変更《へんこう》は　成瀬《なるせ》まで』の文字《もじ》と、順《じゅん》のメールアドレスが書《か》きこまれている。

一日《いちにち》、一日《いちにち》、スケジュールが着実《ちゃくじつ》にこなされていった。

順《じゅん》を中心《ちゅうしん》にして。

江田《えだ》と宇野《うの》がダンスのふりつけを考《かんが》え、順《じゅん》や出演者《しゅつえんしゃ》に指導《しどう》する。くるっと回転《かいてん》するたびに、目《め》を回《まわ》してよろめいていた順《じゅん》も、だんだんなれていった。

練習《れんしゅう》きびしすぎ、と文句《もんく》を言《い》って休《やす》んでばかりいる生徒《せいと》もいるけれど、順《じゅん》だけはひとり熱心《ねっしん》に練習《れんしゅう》している。だんだん、文句《もんく》を言《い》う生徒《せいと》はいなくなった。

小道具担当《こどうぐたんとう》は、順《じゅん》や大樹《だいき》といっしょに、ホームセンターへ材料《ざいりょう》を買《か》いに行《い》く。順《じゅん》は見《み》つけてきた赤《あか》いセロファンと茶色《ちゃいろ》のパイプを、身《み》ぶり手《て》ぶりで、たいまつにする、と伝《つた》える。それが伝《つた》わって、大樹《だいき》が「たいまつか」とこたえたとき、順《じゅん》はうれしくて、両《りょう》うでで大《おお》きな丸《まる》を作《つく》った。みんなが笑顔《えがお》になった。

拓実《たくみ》が歌詞《かし》にあわせてえらんだ曲《きょく》を、相沢《あいざわ》と岩木《いわき》が、音源《おんげん》をさがして、ソフトでアレンジする。このアレンジが歌《うた》の伴奏《ばんそう》になるのだ。曲全体《きょくぜんたい》ではなく、一部《いちぶ》だけを使《つか》うので、アレンジは欠《か》かせない。

ＤＴＭ《ディーティーエム》研究会《けんきゅうかい》の部室《ぶしつ》で、アレンジを聞《き》いた順《じゅん》は、顔《かお》をかがやかせ、ガラケーに文字《もじ》を打《う》ちこむと、相沢《あいざわ》と岩木《いわき》に見《み》せる。

《すてきです！　すてきです!!》

衣装担当《いしょうたんとう》がデザイン画《が》をえがき、順《じゅん》が真剣《しんけん》になやんで、えらぶ。布《ぬの》を買《か》ってきて、家庭《かてい》科室《かしつ》のミシンでぬう。

照明担当《しょうめいたんとう》が、光《ひかり》の演出《えんしゅつ》を考《かんが》えて、順《じゅん》を交《まじ》えて話《はな》しあう。舞台《ぶたい》のミニチュアまで作《つく》ってきて、本気《ほんき》すぎる。

大道具《おおどうぐ》と背景担当《はいけいたんとう》が、お城《しろ》の書《か》き割《わ》りを板《いた》にえがいてゆく。樹木《じゅもく》や街《まち》の書《か》き割《わ》りもつぎつぎにできあがった。

体育館裏《たいいくかんうら》の作業場《さぎょうば》で、大樹《だいき》も左手《ひだりて》を使《つか》い、不器用《ぶきよう》にペンキをぬった。

その様子《ようす》を、野球部《やきゅうぶ》の山路《やまじ》がものかげから、いまいましそうににらんでいたことに、大《だい》樹《き》は気《き》がつかなかった。

順《じゅん》ががんばっているすがたを、大樹《だいき》はずっと見守《みまも》っていた。いそがしさの中《なか》で、順《じゅん》がいつも、心《こころ》の支《ささ》えみたいに拓実《たくみ》を見《み》つめていることも。

けれどいそがしくなればなるほど、順《じゅん》は拓実《たくみ》にえんりょしているようだった。

そのおくゆかしさに、大樹《だいき》はますます順《じゅん》から、目《め》がはなせなかった。


スケジュール表《ひょう》は、毎日斜線《まいにちしゃせん》が引《ひ》かれて、カウントダウンされていった。

必要事項《ひつようじこう》や、連絡事項以外《れんらくじこういがい》にも、順《じゅん》の字《じ》で《作業《さぎょう》、おそくまでありがとうございます》《衣装《いしょう》、すてきです》《背景《はいけい》、きれいです》と書《か》かれたふせんが、いくつもはられている。

順《じゅん》の気配《きくば》りにも、大樹《だいき》は心《こころ》を打《う》たれたのだった。

そして……順《じゅん》のふせんに、返事《へんじ》が書《か》かれるようになった。

《成瀬《なるせ》さん、いつもありがとう！》《主役《しゅやく》がんばれ》

大樹《だいき》は、自分《じぶん》のことみたいに、うれしくてたまらなかった。

(成瀬《なるせ》ががんばりやで、いいやつだって、みんなが言《い》ってる。言葉《ことば》は、傷《きず》つけるだけじゃなくて、はげませるんだ。ちゃんと、本当《ほんとう》に思《おも》っていることなら、人《ひと》を元気《げんき》にできる)

順《じゅん》が考《かん》がえていた脚本《きゃくほん》のラストが、ようやくできあがった。昼休《ひるやす》みに実行委員《じっこういいん》の四人《よにん》は、校舎《こうしゃ》の屋上《おくじょう》で、持《も》ちこんだつくえをかこんですわり、脚本《きゃくほん》に目《め》を通《とお》す。

後半《こうはん》のストーリーはこうだ。

《言葉《ことば》を失《うしな》った少女《しょうじょ》のもとに、王子《おうじ》が現《あらわ》れる。王子《おうじ》は、悲《かな》しい言葉《ことば》でその身《み》を満《み》たした少《しょう》女《じょ》に、とても尊《とうと》い、幸《しあわ》せな言葉《ことば》をあげた。

王子《おうじ》と出会《であ》ったことで、少女《しょうじょ》の中《なか》に、愛《あい》の言葉《ことば》がどんどん生《う》まれてくる。しかし少女《しょうじょ》は、その言葉《ことば》を声《こえ》にすることができない。

そしてあるとき、王子《おうじ》が暗殺《あんさつ》されそうになり、玉子《たまご》の策略《さくりゃく》により、少女《しょうじょ》が犯人《はんにん》にされてしまう。

王子《おうじ》が見守《みまも》る中《なか》、処刑台《しょけいだい》の上《うえ》で、首《くび》をはねられる少女《しょうじょ》。すると、切《き》り落《お》とされた少女《しょうじょ》の首《くび》から、言葉《ことば》があふれはじめる。『王子《おうじ》を愛《あい》している』と》

読《よ》むあいだ、順《じゅん》は真剣《しんけん》な目《め》つきで、じっと、拓実《たくみ》を見《み》ていた。このごろ、いつも、そう

……と、菜月《なつき》は思《おも》った。

「……なんか、グロいな」

読《よ》み終《お》えて大樹《だいき》がつぶやくと、菜月《なつき》はほほえんでみせた。順《じゅん》を応援《おうえん》すると、決《き》めたのだから。

「そう？　わたしはいいと思《おも》うけど、このラスト。少女《しょうじょ》は死《し》んじゃうけど、本当《ほんとう》の気持《きも》ちはみんなに伝《つた》わるわけだし……」

「おれも、ありきたりなハッピーエンドより、いいと思《おも》う」

拓実《たくみ》も賛成《さんせい》し、順《じゅん》の笑顔《えがお》がはじける。それを見《み》て、大樹《だいき》がぼそっと言《い》う。

「……ま、成瀬《なるせ》がこれをやりたいってんなら、オレはいいけど。どうせオレ、そういうの、よくわかんねぇし」

すると順《じゅん》がガラケーに文字《もじ》を打《う》ちこみ、画面《がめん》を大樹《だいき》に見《み》せた。

「タイトルを決《き》めてくれ？　オレが？」

順《じゅん》が大《おお》きくうなずいた。大樹《だいき》が照《て》れる。

「うーん……。んー……んんー……『青春《せいしゅん》の……むこうずね』？」

目《め》をふせ、自分《じぶん》の足《あし》を見《み》ながら言《い》ったタイトルに、菜月《なつき》と拓実《たくみ》がずっこけた。

「何《なに》それ！　全然内容《ぜんぜんないよう》にあってない」

菜月《なつき》は抗議《こうぎ》したけれど、順《じゅん》がすかさず拍手《はくしゅ》したので、決定《けってい》だ。大樹《だいき》が赤《あか》くなり、ますます照《て》れている。拓実《たくみ》も苦笑《くしょう》していた。


同《おな》じころ、野球部《やきゅうぶ》の部室《ぶしつ》では、前日《ぜんじつ》の練習試合《れんしゅうじあい》に負《ま》けた部員《ぶいん》たちが、がっかりして話《はな》しあっていた。

「まさか、三田商《みたしょう》に負《ま》けるとは」

「やっぱ、エースは田崎《たさき》さんじゃないと……」

そこへ入《はい》ってきた山路《やまじ》が、聞《き》こえているぞという意味《いみ》と腹立《はらだ》ちまぎれとなのか、自分《じぶん》のロッカーを、ずがんっと、はでな音《おと》を立《た》ててなぐった。

部員《ぶいん》たちは口《くち》をつぐみ、はれものにさわるような、おびえた目《め》つきで、山路《やまじ》のほうをうかがうのだった。


脚本《きゃくほん》が完成《かんせい》した夜《よる》、拓実《たくみ》が風呂上《ふろあ》がりに居間《いま》でオレンジジュースを飲《の》んで、くつろいでいると、祖父《そふ》が話《はな》しかけてきた。

「『地域《ちいき》ふれあい交流会《こうりゅうかい》』で、ミュージカルやるんだって？」

出演《しゅつえん》グループと演目《えんもく》だけを書《か》いたおおまかなプログラムが、会場《かいじょう》である市民会館《しみんかいかん》にはりだされたらしい。

「うん」

「ばあさんも、わしも、楽《たの》しみにしてるよ」

「ありがと」

祖父《そふ》がにっこりしたとき、順《じゅん》から拓実《たくみ》へメッセージが送《おく》られてきた。読《よ》んでみると、ラストで歌《うた》う最後《さいご》の歌詞《かし》だった。

《心《こころ》は　さけばない　伝《つた》えたいこと　あった気《き》がするの
だけどもう　とどかない　ならば　別《わか》れの言葉《ことば》もいらない──》

「……心《こころ》は、さけばない……か……」

悲《かな》しいけれど、印象的《いんしょうてき》な、ラストの歌詞《かし》。ぐっと、むねにせまってくる。思《おも》いあたることがある。

心《こころ》から消《き》えない思《おも》いがあったのに、「もう、なんとも思《おも》ってないよ」と、軽《かる》く言《い》ってしまった。言《い》ったときは、これでいいと思《おも》ったのに、時間《じかん》がたつにつれて、なぜか、むねが痛《いた》くなった。

おしこめていた思《おも》い、わすれたふりをしていた思《おも》いが、あったんだ。

(心《こころ》は、さけばない……おしこめてしまうだけ。本当《ほんとう》の思《おも》いほど……だれかに対《たい》する思《おも》いほど)

これにあうのは、どんな曲《きょく》だろう……拓実《たくみ》は考《かんが》えにしずんだ。

数日考《すうじつかんが》えて、拓実《たくみ》は決心《けっしん》した。

考《かんが》えているうちに、耳《みみ》によみがえってきた、あの曲《きょく》……苦《くる》しい思《おも》い出《で》とともにある、「伝《つた》えたくても、もうとどかない」言葉《ことば》をかかえた、かつて好《す》きだった曲《きょく》があった。

耳《みみ》の奥《おく》で次第《しだい》に大《おお》きく、くりかえして、鳴《な》りやまなくなった曲《きょく》を、もう一度《いちど》ひこう。

父《ちち》の部屋《へや》に入《はい》ると、ほこりまみれのピアノのふたを開《あ》けた。

スマホの画面《がめん》に、順《じゅん》の書《か》いた歌詞《かし》を表示《ひょうじ》して、譜面台《ふめんだい》に置《お》く。

「……心《こころ》は、さけばない」

でも、音楽《おんがく》は、気持《きも》ちをさけぶ。

CD《シーディー》や楽譜《がくふ》がならんだ本《ほん》だなの、下《した》についているとびらを、拓実《たくみ》は開《あ》けた。そこから、箱《はこ》をひっぱりだす。

その中《なか》には、封印《ふういん》してあった、角《かど》がつぶれるまで使《つか》いこんだピアノピース（楽譜《がくふ》）……ベートーヴェン作曲《さっきょく》のピアノソナタ第八番《だいはちばん》 作品《さくひん》13『悲愴《ひそう》』が入《はい》っていた。

「あった……」

深呼吸《しんこきゅう》して、第二楽章《だいにがくしょう》のページを開《ひら》くと、譜面台《ふめんだい》にのせた。スマホでおさえると、拓実《たくみ》はいすにこしかけた。

もう一度《いちど》、二度《にど》、深呼吸《しんこきゅう》してから、指《ゆび》を鍵盤《けんばん》に置《お》く。最初《さいしょ》の音《おと》は、ド。演奏《えんそう》するときの楽譜《がくふ》の指示《しじ》は、『ゆるやかに　歌《うた》うように』。

（歌《うた》うように……）

――『伝《つた》えたいことがあったら、歌《うた》ってみるのもありかもよ』

この曲《きょく》は悲《かな》しい思《おも》い出《で》でぬりつぶされてしまった。

ひこうとするたび、悲《かな》しみで、むねが、ぎゅうっとしめつけられる……それでもかまわず、拓実《たくみ》は、『悲愴《ひそう》』第二楽章《だいにがくしょう》をひきはじめた。美《うつく》しいけれど、悲《かな》しく、透明感《とうめいかん》があるけれど、うったえるようなメロディーにあわせ、歌《うた》ってみる。

「♪心《こころ》は　さけばない　伝《つた》えたいこと　あった気《き》がするの……」

歌詞《かし》と曲《きょく》は、ぴたりとあった。

翌日《よくじつ》、拓実《たくみ》は順《じゅん》、菜月《なつき》、大樹《だいき》、相沢《あいざわ》、岩木《いわき》を音楽室《おんがくしつ》に集《あつ》めて、ピアノで『悲愴《ひそう》』第二楽《だいにがく》章《しょう》をひきながら、歌詞《かし》を歌《うた》ってみせた。

ひき終《お》えると、順《じゅん》がうれしそうに拍手《はくしゅ》する。相沢《あいざわ》も身《み》を乗《の》りだした。

「悪《わる》くないじゃん。拓《たく》がクラシックとか言《い》いだしたときは、どうしようかと思《おも》ったけど」

菜月《なつき》もうなずく。

「うん。処刑《しょけい》された少女《しょうじょ》の悲《かな》しいふんいきが出《で》てて、わたしもいいと思《おも》う」

拓実《たくみ》はほっとして、みんなをふりかえった。

「じゃあ、曲《きょく》は全部決《ぜんぶき》まったな」

それから、順《じゅん》にたしかめる。

「これで、ちゃんと伝《つた》えられそうか？　おまえの、本当《ほんとう》にしゃべりたいことっての」

力強《ちからづよ》く、全身《ぜんしん》を使《つか》って、順《じゅん》がうなずいた。

(よかった……成瀬《なるせ》の役《やく》に立《た》てて)

拓実《たくみ》もうれしくなり、ほほえんだ。そこへ、城嶋先生《じょうしませんせい》が、丸《まる》めたポスターとか、チラシの束《たば》をかかえて入《はい》ってくる。

「よーし、みんな、チラシとポスター、できたぞー」

美術部員《びじゅつぶいん》のクラスメートに描《か》いてもらった、濃《こ》い青《あお》をベースにしたポスターとチラシには、『青春《せいしゅん》の向《むこ》う脛《ずね》』というタイトルが白《しろ》くうかんでいた。

帰宅《きたく》した順《じゅん》はさっそく、チラシを食卓《しょくたく》の母《はは》の席《せき》へ置《お》いた。『作《さく》：成瀬順《なるせじゅん》　キャスト　少女《しょうじょ》：成瀬順《なるせじゅん》』の文字《もじ》の横《よこ》へ、ふせんをはって、文字《もじ》を書《か》きこむ。

《よかったら　見《み》に来《き》てください　順《じゅん》》

(わたしの気持《きも》ち、言《い》いたいこと、ママに伝《つた》えられる。ぜったいに、来《き》てほしい……来《き》て、くれるはず……くれる、かなぁ……）

だんだん自信《じしん》がなくなってくる。母《はは》は仕事《しごと》がいそがしいのだ。

（せっかく坂上《さかがみ》くんが、メロディーをくれたのに。みんなだって、いっしょに物語《ものがたり》を作《つく》ってくれてるのに……）

でも、ここまで来《き》たら、やるしかない。


ポスターをはらせてもらったり、チラシを置《お》かせてもらうため、順《じゅん》たち四人《よにん》の実行委員《じっこういいん》は、休日《きゅうじつ》も街《まち》の中《なか》を歩《ある》きまわっていた。

「ふれ交《こう》の青年会《せいねんかい》の人《ひと》たち、みんな、ミュージカルを楽《たの》しみにしてくれてるみたいで、よかったね」

菜月《なつき》に笑顔《えがお》で言《い》われて、順《じゅん》はうれしかった。ふれ交《こう》を主催《しゅさい》する青年会《せいねんかい》では、ミュージカルは初《はつ》の試《こころ》みで、マンネリ化《か》をさけるためにも、大歓迎《だいかんげい》だと言《い》ってくれた。上演時間《じょうえんじかん》がかかるのに、いやな顔《かお》ひとつしなかった。

お寺《てら》の前《まえ》を通《とお》りかかると、「お祭《まつ》り、お祭《まつ》りーっ」と子《こ》どもたちが、お寺《てら》にむかって走《はし》ってゆく。着物《きもの》を着《き》た女《おんな》の子《こ》もいる。

「そっか、きょう、縁日《えんにち》だったんだ」

とつぶやいた拓実《たくみ》の、「縁日《えんにち》」という言葉《ことば》に、順《じゅん》はひっかかった。何《なに》か、大切《たいせつ》なことをわすれている気《き》がしてきた。ここで、何《なに》かが、昔《むかし》、あった……。

立《た》ちどまり、お寺《てら》をふりむいて、考《かんが》えていると、拓実《たくみ》がやさしく言《い》った。

「行《い》こうか？」


四人《よにん》はお寺《てら》の境内《けいだい》に入《はい》った。たくさんの屋台《やたい》が出《で》ている。おいしそうなにおい、にぎやかなよびこみの声《こえ》……既視感《きしかん》に順《じゅん》はめまいをおぼえた。

（なんだったっけ……いつか、ここに来《き》たことがあった……）

ふらふらと歩《ある》いていると、きらきらとカラフルな色《いろ》をした丸《まる》いものが、たくさんならんでいる売《う》り場《ば》があった。

（あっ！　あれ……）

「あ、それ」と、拓実《たくみ》も足《あし》を止《と》め、丸《まる》いものを手《て》にとって、順《じゅん》に語《かた》りかけてきた。

「ほら、おれが前《まえ》に歌《うた》っていた『玉子《たまご》に言葉《ことば》をささげる』って、歌《うた》。あれ、この玉子《たまご》のことを歌《うた》ったんだ」

黄色《きいろ》いそれを、順《じゅん》に手《て》わたしてくれる。

(『玉子《たまご》の歌《うた》』! 玉子《たまご》……玉子《たまご》……これが玉子《たまご》。どこから、玉子《たまご》ってイメージが、わたしの中《なか》にうかんだのか、ずっとふしぎだったんだ。これが……玉子《たまご》)

言《い》われてみれば、玉子《たまご》の殻《から》に色紙《いろがみ》をはりつけたものだ。思《おも》わず拓実《たくみ》を見《み》ると、ほほえんでいる。

「ここの仏様《ほとけさま》、言葉《ことば》が大好《だいす》きでさ、その玉子《たまご》に言葉《ことば》をささげてお供《そな》えすると、ご利益《りやく》があるんだって」

菜月《なつき》がたずねた。

「ささげる言葉《ことば》は、なんでもいいの?」

「ああ。でも、悪《わる》い言葉《ことば》をささげると、仏様《ほとけさま》に言葉《ことば》をとりあげられるって」

(……あぁっ!!)

順《じゅん》の頭《あたま》の中《なか》に、とつぜんちかちかと光《ひかり》がまたたき、うかびあがってきた光景《こうけい》があった。

(パパ……パパが、買《か》ってくれた……玉子《たまご》……ピンクの玉子《たまご》)

――『あんまりおしゃべりすぎると、玉子《たまご》の神様《かみさま》に、言葉《ことば》をとられちゃうぞ』

――『全部《ぜんぶ》、おまえのおしゃべりのせいじゃないか』

パパが出《で》ていった日《ひ》、冷《つめ》たくそう言《い》われて泣《な》いて、あの玉子《たまご》をふみつぶした……あのときは感《かん》じなかったのに、くしゃっという感触《かんしょく》が、今《いま》さら、足《あし》の裏《うら》に感《かん》じられた。心臓《しんぞう》が、冷《つめ》たい手《て》でつかまれたように、ぞくっとちぢんで、苦《くる》しくなる。痛《いた》い……。

(玉子《たまご》をふんで、こわした……あのときから、声《こえ》が出《で》なくなった。お腹《なか》が痛《いた》くなった。なんで、わすれてたんだろ……悲《かな》しすぎて、玉子《たまご》のこと、わすれちゃったのかな……)

そうだ、ふんで、こわしたんだ。玉子《たまご》、こわした……そして、わすれた。

玉子《たまご》がおこっても、当然《とうぜん》だ。

順《じゅん》はこわくなり、黄色《きいろ》い玉子《たまご》を売《う》り場《ば》にもどした。山《やま》とあるカラフルな奉納玉子《ほうのうたまご》から、体《からだ》をひいて、あとずさった。

「どうしたの？　成瀬《なるせ》さん」

青《あお》ざめてしまったらしく、菜月《なつき》に心配《しんぱい》される。順《じゅん》はふるえる手《て》で、メッセージを打《う》った。

《わたしの呪《のろ》い、この玉子《たまご》のせい》

画面《がめん》を見《み》た拓実《たくみ》と菜月《なつき》、大樹《だいき》が「え？」という顔《かお》になる。拓実《たくみ》が苦笑《くしょう》した。

「まさか！　だって成瀬《なるせ》、この玉子《たまご》に悪《わる》い言葉《ことば》、ささげたわけじゃないだろ？」

（そうだけど……そういう玉子《たまご》だって、知《し》らなかったけど……）

「ぜったいちがうって。いい言葉《ことば》をささげれば、ちゃんとご利益《りやく》あるって」

拓実《たくみ》は財布《さいふ》をとりだすと、ピンクの奉納玉子《ほうのうたまご》をえらんで買《か》った。それを、順《じゅん》にプレゼントしてくれる。

やさしくほほえんでいる拓実《たくみ》を信《しん》じて、順《じゅん》はこわごわと、ピンクの玉子《たまご》を見《み》つめた。

（本当《ほんとう》に、わたし、呪《のろ》われてない？　この玉子《たまご》にも、呪《のろ》われない？）

とにかく、いい言葉《ことば》をささげて、玉子《たまご》におわびしないと。順《じゅん》は玉子《たまご》をだいじに手《て》につつんだ。

「成瀬《なるせ》」と、拓実《たくみ》がよぶ。境内《けいだい》のすみで、マジックショーがはじまっていた。子《こ》どもたちが夢中《むちゅう》になっている。みんな笑顔《えがお》だ。

マジックを見《み》て、拓実《たくみ》たちとおどろいたり、笑《わら》ったりしているうちに、順《じゅん》も気持《きも》ちがほぐれて、笑《わら》えるようになった――。

帰宅《きたく》してまず、順《じゅん》は玉子《たまご》にいい言葉《ことば》をささげることにした。

（いい言葉《ことば》……いい言葉《ことば》……なんだろう）

頭《あたま》の中《なか》に流《なが》れだす、拓実《たくみ》がやさしい声《こえ》で歌《うた》う『玉子《たまご》の歌《うた》』。

――『♪玉子《たまご》にささげよう　Beautiful words《ビューティフル　ワーズ》　言葉《ことば》をささげよう』

（坂上《さかがみ》くん……わたしにとって、いちばん大切《たいせつ》で、いちばんすてきで、いちばんうれしい言葉《ことば》は、坂上《さかがみ》くんだ。坂上《さかがみ》くんがくれる言葉《ことば》。わたしを助《たす》けてくれる言葉《ことば》は、坂上《さかがみ》くんそのもの）

順《じゅん》は紙切《かみき》れにシャーペンで『坂上拓実《さかがみたくみ》』と書《か》いた。

坂《さか》と上《うえ》と拓《たく》と実《み》、四《よっ》つの漢字《かんじ》を書《か》くだけなのに、むねがどきどきして、顔《かお》が熱《あつ》くなった。

きゅん、と音《おと》が鳴《な》るくらい、心臓《しんぞう》のあたりが緊張《きんちょう》して、痛《いた》くなる。

（いちばんだいじな言葉《ことば》。……いちばん、好《す》き……な言葉《ことば》……）

好《す》き、なんだ。

順《じゅん》ははずかしさで、かあっと全身《ぜんしん》が熱《あつ》くなり、あたふたと紙《かみ》を小《ちい》さくたたんで、玉子《たまご》の切《き》りこみの穴《あな》に入《い》れた。

夕《ゆう》ご飯《はん》の時間《じかん》になり、順《じゅん》は母《はは》とむかいあって、食卓《しょくたく》につく。

「……『地域《ちいき》ふれあい交流会《こうりゅうかい》』のチラシ、ありがとね」

いつものようにうつむきかげんで、無表情《むひょうじょう》ながら、母《はは》がふいにお礼《れい》を言《い》ったので、順《じゅん》はどきりとした。少《すく》なくとも、無視《むし》はされなかったのだ。

(ママ……来《き》てくれるの?)

「その日《ひ》は、前《まえ》の日《ひ》から、とまりがけの研修《けんしゅう》なの。何時《なんじ》に終《お》わるかわからないから、まだ行《い》けるかどうか、わからないけど……」

(……やっぱり、だめなんだ……)

ショックで茶《ちゃ》わんとはしを置《お》きかけた順《じゅん》に、母《はは》が順《じゅん》を見《み》つめて、急《いそ》いで言《い》う。

「でもなるべく、行《い》けるようにするから」

(ホント!? ママ、本当《ほんとう》に?)

順《じゅん》は思《おも》わず見《み》つめ返《かえ》した。母《はは》はちゃんと順《じゅん》を見《み》てくれているままだ。

（うれしい……ママが、わたしの物語《ものがたり》、聞《き》いてくれる！）

すごくうれしくて、でも気持《きも》ちが伝《つた》わってしまうのは少《すこ》しこわくて、けれどもどうしても伝《つた》えたくて、順《じゅん》はしっかりとうなずいた。

自分《じぶん》の部屋《へや》にもどり、順《じゅん》は拓実《たくみ》がプレゼントしてくれた奉納玉子《ほうのうたまご》を手《て》にとった。そっと手《て》のひらでつつむ。

（これ、ご利益《りやく》かも。玉子《たまご》に、本当《ほんとう》に大切《たいせつ》な言葉《ことば》をささげたもの）

拓実《たくみ》のほほえみ、にぎやかな境内《けいだい》、マジックを見《み》て笑顔《えがお》だった子《こ》どもたち。玉子《たまご》が見《み》せてくれた光景《こうけい》が、目《め》を閉《と》じるとまぶたにうかぶ。

（笑顔《えがお》……すてきな演《だ》しものは、みんなを笑顔《えがお》にする……演《だ》しものって、楽《たの》しいもの、おもしろいものなんだ。言《い》いたいことばかり、おしつけても、笑《わら》ってもらえるとはかぎらない……傷《きず》つけることだって、あるんだから）

順《じゅん》は考《かんが》えこんだ。

6 おしこめていた思《おも》い

翌朝《よくあさ》。登校《とうこう》するなり、順《じゅん》は拓実《たくみ》を校門《こうもん》に入《はい》ったところで見《み》つけて、ひきとめるとメッセージを送信《そうしん》した。拓実《たくみ》が読《よ》んで、意外《いがい》そうに言《い》う。

「ラストを、変《か》えたい？」

《見《み》ている人《ひと》たちに、最後《さいご》に、笑顔《えがお》になってほしいので》

メモ帳《ちょう》のページを広《ひろ》げ、書《か》いてきた新《あたら》しいラストを、拓実《たくみ》に見《み》せる。

《少女《しょうじょ》が処刑《しょけい》される直前《ちょくぜん》、王子《おうじ》が少女《しょうじょ》をかばい、助《たす》ける。王子《おうじ》のおかげで、少女《しょうじょ》は言葉《ことば》をとりもどし、最後《さいご》、みんなといっしょにハッピーな歌《うた》を歌《うた》う》

（坂上《さかがみ》くん、わたしはみんなに、うれしい気持《きも》ちになってほしいんだ。わたしが、坂上《さかがみ》く

んにそうしてもらったように)

　けれど、拓実《たくみ》は首《くび》をひねった。

「……たしかにこれなら、すこしセリフを足《た》して、最後《さいご》の曲《きょく》を変《か》えるだけだから、ふれ交《こう》にまにあうと思《おも》うけど……」

　どこか、納得《なっとく》していないようすだ。なんで？　と不安《ふあん》になって、順《じゅん》は上目《うわめ》づかいに拓実《たくみ》の様子《ようす》をうかがった。

「いや……じつはおれ、個人的《こじんてき》にすごく気《き》に入《い》ってたんだよね。『心《こころ》はさけばない』ってフレーズ。悲《かな》しい歌詞《かし》だけど、おしこめてる気持《きも》ちが、すごくだいじなもんなんだろうなってかんじがしてさ」

(坂上《さかがみ》くん！　気《き》に入《い》ってくれてるって、すごくだいじな気持《きも》ちって……。うれしい、わかってくれるんだ)

　順《じゅん》が感激《かんげき》したとき、「坂上《さかがみ》くん！」とよびながら、体育館《たいいくかん》のほうから走《はし》ってきたのは、菜月《なつき》だった。

「大変《たいへん》！」

体育館《たいいくかん》の裏《うら》で作業中《さぎょうちゅう》だった、背景《はいけい》や書き割《かわ》り……ほとんどできていたのだが、お城《しろ》の書《か》き割《わ》りが、こわされていた。だれかが、なんどもふみつけたらしく、板《いた》が半分《はんぶん》にわれてしまっている。

こわされたお城《しろ》の前《まえ》で、大樹《だいき》が、怒《いか》りに体《からだ》をふるわせていた。大道具係《おおどうぐがかり》もぼうぜんとしている。そこへ拓実《たくみ》は、順《じゅん》や菜月《なつき》とかけつけたのだった。

「だれが……こんなことを……」

くやしいというよりも悲《かな》しくて、拓実《たくみ》の体《からだ》から力《ちから》がぬけかけたとき。

走《はし》ってくる複数《ふくすう》の足音《あしおと》がした。全員《ぜんいん》がいっせいにそっちをふりむいた。

三嶋《みしま》と、山路《やまじ》だった。きびしい表情《ひょうじょう》の三嶋《みしま》にうながされ、山路《やまじ》が言《い》った。

「おれが、やりました」

ほおを真《ま》っ赤《か》にそめ、大樹《だいき》が山路《やまじ》につかみかかった。

「てめぇ！　なんでっ」

一発《いっぱつ》、なぐりつける。山路《やまじ》がたおれこんだ。

「山路《やまじ》、オレのこと、うらむのはかまわねぇ。オレのせいで、甲子園《こうしえん》がフイになって……、きらわれても、しかたねぇと思《おも》う。でも、こういうやりかたは――」

「きらいだなんて、思《おも》ってませんよっ」

山路《やまじ》がさけんだので、大樹《だいき》がとまどった。

「えっ……でも、この前《まえ》は、消《き》えろって……」

「言《い》いました。あれも、おれの本心《ほんしん》です」

山路《やまじ》と大樹《だいき》がにらみあう。

（きらいじゃないのに、消《き》えてくれって……きらいじゃないのに、にくたらしい……矛盾《むじゅん》してる……）

考《かんが》えていた拓実《たくみ》は、はっとなった。

（おれ……おれも……そうだ。好《す》きなのに、遠《とお》ざけた。好《す》きだからこそ、近《ちか》づけたくなかった。自分《じぶん》の弱《よわ》いところ、見《み》られたくなかったし、弱《よわ》さで傷《きず》つけたくなかった……）

となりに立《た》つ菜月《なつき》を、意識《いしき》する。意識《いしき》しているのに、見《み》ることはできない。むねがまだ、痛《いた》むことに気《き》がついたから。

（人《ひと》の気持《きも》ちは、矛盾《むじゅん》するものなんだ。どっちも、本当《ほんとう》の気持《きも》ちなんだ。反対《はんたい》の気持《きも》ちが、同時《どうじ》に心《こころ》にはある。どっちが、ぜったいに正《ただ》しいとか、ぜったいにまちがってるってこともない）

山路《やまじ》が、ゆっくりと口《くち》を開《ひら》いた。低《ひく》い声《こえ》で、とつとつと語《かた》りだす。

「あの、地区大会《ちくたいかい》で負《ま》けた試合《しあい》のときも、おれはずっと、ベンチから、田崎《たさき》さんの勝利《しょうり》を信《しん》じてました。最後《さいご》まで……。信《しん》じたんです！　だから、選抜《せんばつ》がだめになったときも、『またいっしょに、夏《なつ》の甲子園《こうしえん》めざそう』って言《い》ってくれんの、待《ま》ってました」

大樹《だいき》が動揺《どうよう》した目《め》になった。山路《やまじ》がそれを見《み》て、またいらついた様子《ようす》になる。

「でも、あんたは、何《なに》も言《い》ってくれなかった！　自分《じぶん》のひじがだめになったら、全部終《ぜんぶお》わったみたいな顔《かお》して……」

ふてくされたように、山路《やまじ》が目《め》をそらした。

「終《お》わってるわけ、ねぇだろっ」

ためこんでいた感情《かんじょう》をぶつけるみたいな大声《おおごえ》を、大樹《だいき》が出《だ》したので、山路《やまじ》が思《おも》わず顔《かお》をあげる。

「オレだって……ホントは言《い》いたかった！　また、甲子園《こうしえん》、いっしょにめざそうって」

く……、と奥歯《おくば》をかんでから、大樹《だいき》はためらいがちに続《つづ》けた。

「……でも……また、だめだったら……。オレが期待《きたい》させた分《ぶん》、またよけいにおまえらを傷《きず》つける。そう思《おも》ったら……どうしても、言《い》えなかったんだ……」

肩《かた》をふるわせると、大樹《だいき》は白《しろ》くなるほどくちびるをかみしめた。山路《やまじ》もこぶしをにぎりしめ、うなだれて、泣《な》きそうになっている。

(言《い》えなかった……傷《きず》つけると思《おも》ったから、傷《きず》つけたくなかったから……おれもそうだ。だけど、人《ひと》を傷《きず》つけるような自分自身《じぶんじしん》の弱《よわ》さに、傷《きず》つきたくなかったのかも……)

そして、本音《ほんね》が言《い》えなくなった。

――『もう、なんとも思《おも》ってないし』

(うそだ……。仁藤《にとう》におれは、本当《ほんとう》のこと、言《い》えなかった)

なんとも思《おも》っていないなら、こんなにも苦《にが》い気持《きも》ちにならない。むねがつまり、息《いき》が苦《くる》しくなってこない。

(でも、本当《ほんとう》に言《い》いたいこと、言《い》わなかったら、何《なに》も伝《つた》わらない。反対《はんたい》の気持《きも》ちを同時《どうじ》に持《も》っていることだって……)

また、拓実《たくみ》の耳《みみ》の奥《おく》に、『悲愴《ひそう》』第二楽章《だいにがくしょう》のメロディーが流《なが》れだす。母《はは》を傷《きず》つけてしまったときの……。

(この歌《うた》、成瀬《なるせ》は変《か》えたいんだっけ……でも、活《い》かせないかな……悲《かな》しい歌《うた》と、ハッピーな歌《うた》、両方《りょうほう》やりたい……)

ミュージカルなんだから、曲《きょく》だけ流《なが》すのはちがうし……歌《うた》と同時《どうじ》に別《べつ》のセリフ? いや、待《ま》て……ミュージカル……と、考《かんが》えた拓実《たくみ》は、はっと、ひらめいた。

(だから、ミュージカルだ!)


昼休《ひるやす》みに、音楽室《おんがくしつ》のピアノで、思《おも》いつきを試《ため》してみた拓実《たくみ》だった。自信《じしん》を持《も》って、放課《ほうか》後《ご》、順《じゅん》を音楽室《おんがくしつ》へさそう。

夕方《ゆうがた》のやわらかな光《ひかり》がさしこみ、グランドピアノに反射《はんしゃ》していた。

「最後《さいご》の曲《きょく》のことなんだけど……田崎《たさき》たち見《み》て、思《おも》いついたこと、あってさ」

よくわからない、というふうに、順《じゅん》が小首《こくび》をかしげる。

「人《ひと》の気持《きも》ちって、ひとつじゃないよなって。好《す》きとか、きらいとか、百《ひゃく》パーセントの気《き》持《も》ちって、きっとない。何《なに》かが、だれかが百《ひゃく》パーセント悪《わる》いとか、だめってことも」

順《じゅん》は、ぴん、と来《き》ていないらしい。とまどいをかくさずに、拓実《たくみ》を見《み》つめている。

「だからさ、気持《きも》ちを伝《つた》えられない悲《かな》しい心《こころ》のさけびも、みんなと歌《うた》う喜《よろこ》びも、両方《りょうほう》とも成瀬《なるせ》の『本当《ほんとう》にしゃべりたいこと』なんだったら、それ全部《ぜんぶ》、伝《つた》えられたらなあって」

順《じゅん》が大《おお》きく目《め》を見《み》ひらく。

「まあ、ちょっと聞《き》いてみて」

拓実《たくみ》はピアノの前《まえ》にすわり、ふたを開《あ》けた。左手《ひだりて》で『悲愴《ひそう》』第二楽章《だいにがくしょう》のメロディーをひいてみせる。

「今《いま》までの、この悲《かな》しいフレーズと歌詞《かし》はそのままにして、その上《うえ》に、『オズの魔法使《まほうつかい》』の明《あか》るい曲《きょく》を――」

右手《みぎて》でかなでる『Over the Rainbow《オーバー　ザ　レインボウ》』のメロディーを重《かさ》ね、二曲《にきょく》を同時《どうじ》にひいた。

ふたつのフレーズが絶妙《ぜつみょう》にからみあい、美《うつく》しいひとつの曲《きょく》になる。

順《じゅん》が息《いき》をのみ、そして、うっとりとため息《いき》をもらした。よかった、と拓実《たくみ》は順《じゅん》をふりかえり、にっこりした。

「な、意外《いがい》といいだろ？　明《あか》るい曲《きょく》には、別《べつ》のハッピーな歌詞《かし》をつける。まったくちがうふたつの曲《きょく》をいっしょに歌《うた》うのって、ミュージカルではよくある手法《しゅほう》だし」

うんうんうん、と大《おお》きくなんどもうなずき、順《じゅん》がものすごいスピードでメッセージを打《う》った。ガラケーの画面《がめん》を拓実《たくみ》につきだす。

《すごいです！》

「え、あ、いや、それほどでも……」

拓実《たくみ》が照《て》れて、目《め》をふせると、また順《じゅん》が文字《もじ》を打《う》つ。

《すごいです!!》

そしてまた、文字《もじ》を打《う》ちはじめた。

こういうときは、すなおに「ありがとう」と言《い》うべきだったかな……と拓実《たくみ》が考《かんが》えていると、順《じゅん》が長文《ちょうぶん》を見《み》せた。

《もう一度《いちど》、ひいてもらえませんか。しっかり聞《き》いて、つめこみたいです。わたしのしゃべりたいこと、全部《ぜんぶ》》

拓実《たくみ》はうなずいた。順《じゅん》のうれしそうなようすに、自然《しぜん》と、笑《え》みがこぼれた。

部活《ぶかつ》へむかおうとしていた菜月《なつき》は、通《とお》りかかった音楽室《おんがくしつ》から、ピアノの音《おと》がするので足《あし》を止《と》めた。

（ラストの歌《うた》の……？　坂上《さかがみ》くん？）

拓実《たくみ》のピアノがまた聞《き》ける、と思《おも》った菜月《なつき》は、音楽室《おんがくしつ》をそっとのぞいた。

けれど……拓実《たくみ》がひくピアノの手元《てもと》を、身《み》を乗《の》りだして、うれしそうに見《み》つめている順《じゅん》がいた。拓実《たくみ》もうれしそうに、順《じゅん》をふりむきながら、ひいている。

ふたりの横顔《よこがお》が、窓《まど》からのオレンジ色《いろ》の光《ひかり》に、あたたかく照《て》らされていた。

（坂上《さかがみ》くん……あんなに、幸《しあわ》せそうに……成瀬《なるせ》さんといると、あんな顔《かお》がとりもどせるんだ……）

せつなくて、たまらなかった。のどの奥《おく》がつまったみたいになって、熱《あつ》いものがこみあげてくる。

（……わたし……まだ……こんなにも坂上《さかがみ》くんのこと……）

「菜月《なつき》、どうかした？」

江田《えだ》の声《こえ》がして、菜月《なつき》はすくみあがった。

「ううん、別《べつ》に」

江田《えだ》に顔《かお》を見《み》られないように、菜月《なつき》はさっと歩《ある》きだした。


「地域《ちいき》ふれあい交流会《こうりゅうかい》」まであと二日《ふつか》。

準備《じゅんび》はほぼ整《ととの》っていた。ここ一週間《いっしゅうかん》は、第二体育館《だいにたいいくかん》を借《か》りきって、放課後《ほうかご》にリハーサルをくりかえしている。

拓実《たくみ》には、気《き》になっていることがあった。書《か》き割《わ》りが山路《やまじ》にこわされた、つぎの日《ひ》あたりからだと思《おも》うが、菜月《なつき》が拓実《たくみ》をさけているのだ。

(やっぱおれ、仁藤《にとう》に何《なに》か言《い》ったんかな……)

ずっと言《い》ってないことはあるけれど、そのあたりで傷《きず》つけることを言《い》ったおぼえはない。

なんどもなんども、むねに手《て》を当《あ》てて考《かんが》えた。

（わかんない）

気《き》にすればするほど、拓実《たくみ》は菜月《なつき》から目《め》がはなせなくなった。つい、見《み》つめてしまう。そして、菜月《なつき》が気《き》づいて、そっぽをむくたびに、むねがちくちくして、悲《かな》しくなった。

（わかるのは……おれ、まだ仁藤《にとう》が好《す》きだったんだってこと。まだ……じゃなくて、ずっと……。好《す》きだから、遠《とお》ざけていたってこと）

おおぜいの他人《たにん》の中《なか》で、いちばんに拓実《たくみ》を見《み》て、いちばんに気《き》にして、いちばんそばにいてくれようとした、そんな菜月《なつき》のことが、どれほどうれしかったか。

だからこそ、母《はは》を傷《きず》つけ、家族《かぞく》をこわすような自分《じぶん》は、いちばん大切《たいせつ》な菜月《なつき》をもこわしてしまうと、こわしてはいけないと、思《おも》っていた。

——と、気《き》づいたのだって、今《いま》ごろになってからで……。

（けっきょく、中二《ちゅうに》からのおれの行動《こうどう》や、言葉《ことば》は、遠回《とおまわ》しだけど、仁藤《にとう》を傷《きず》つけてた。本当《ほんとう》に好《す》きだ、と言《い》ったことさえ、なかったもんな。『つきあってください』『はい、おれでよければ』だけでさ）

放課後《ほうかご》になり、拓実《たくみ》はふれ交《こう》のスケジュール表《ひょう》を見《み》た。

「実行委員会《じっこういいんかい》も、あさってまで、か……」

そうしたら、菜月《なつき》としゃべる理由《りゆう》も機会《きかい》も、少《すく》なくなってしまう。わざわざ理由《りゆう》をさがさなくてはならなくなる。

帰《かえ》りじたくをしている菜月《なつき》を、拓実《たくみ》はふりかえった。でも菜月《なつき》は、拓実《たくみ》の視線《しせん》に気《き》がつくと、視線《しせん》をそらし、さっさとバッグを持《も》って出《で》ていこうとする。

ちくっ、としたむねの痛《いた》みをこらえきれず、拓実《たくみ》は決意《けつい》した。言《い》わずに傷《きず》つけたことを、謝《あやま》ろう。

「仁藤《にとう》！」

拓実《たくみ》は菜月《なつき》を追《お》いかけた。体育館《たいいくかん》へのわたり廊下《ろうか》で、菜月《なつき》に追《お》いつく。

菜月《なつき》がゆっくりとふりむく。

「何《なに》？」

緊張《きんちょう》してくる。拓実《たくみ》はけんめいに言葉《ことば》をさがした。

「あ、いや、えっと……おれ、ちょっと、仁藤《にとう》に話《はな》しときたいこと――」

ところが、体育館《たいいくかん》の入《い》り口《ぐち》から宇野《うの》が菜月《なつき》をよぶ。江田《えだ》もいっしょだ。

「菜月《なつき》、みんなもう、そろってるよ」

「ありがと！」と宇野《うの》たちにこたえると、菜月《なつき》は拓実《たくみ》から目《め》をそらし気味《ぎみ》に言《い》った。

「ごめん、わたし、部活《ぶかつ》だから」

「あ、ああ……うん」

かけさる菜月《なつき》の背中《せなか》を、拓実《たくみ》はため息《いき》とともに見送《みおく》った。

同《おな》じころ、体育館《たいいくかん》の横《よこ》では、大樹《だいき》と三嶋《みしま》、つぐなうための山路《やまじ》が、お城《しろ》の書《か》き割《わ》りをしあげていた。三嶋《みしま》がなんどもふたりを説得《せっとく》して、やっとここまで仲直《なかなお》りできたのだ。三人《さんにん》で、なおしたつなぎめがわからないよう、ていねいにペンキをぬる。

「よし、これで完成《かんせい》だ」

大樹《だいき》の言葉《ことば》に山路《やまじ》は一礼《いちれい》し、ペンキとはけを置《お》いて立《た》ちさろうとした。

「山路《やまじ》！」

大樹《だいき》によびとめられ、ぎくり、とした山路《やまじ》がふりかえる。大樹《だいき》は最敬礼《さいけいれい》した。

「今《いま》まで、悪《わる》かった」

おどろいて、山路《やまじ》が息《いき》をつめた。

「また、いっしょに甲子園《こうしえん》、めざそう」

やっと、言《い》う覚悟《かくご》が大樹《だいき》にできたのだった。山路《やまじ》は目《め》をうるませると、だまって頭《あたま》を下《さ》げ、走《はし》ってゆく。

ぽんぽん、と三嶋《みしま》が大樹《だいき》の肩《かた》をたたいた。ほっとして笑顔《えがお》になり、ふたりはまなざしを交《か》わした。


翌日《よくじつ》の放課後《ほうかご》、本番一日前《ほんばんいちにちまえ》。

第二体育館《だいにたいいくかん》で、最後《さいご》のリハーサルがおこなわれた。夜《よる》までかかって、念入《ねんい》りに動《うご》きや歌《うた》をチェックする。出演者全員《しゅつえんしゃぜんいん》がそろって最後《さいご》のポーズを決《き》め、城嶋先生《じょうしませんせい》が拍手《はくしゅ》した。

「はい、OK《オーケー》！　最終練習《さいしゅうれんしゅう》、全《ぜん》パート終了《しゅうりょう》！」

よっしゃあ、とみんなから歓声《かんせい》があがった。

「さ、もういい時間《じかん》だし、とっとと片《かた》づけて帰《かえ》れよ」

城嶋先生《じょうしませんせい》の指示《しじ》で、みんなが「はーい」と片《かた》づけにかかる。そこへ、ユニフォームすがたの三嶋《みしま》が、野球部《やきゅうぶ》の二年生《にねんせい》たちを連《つ》れて入《はい》ってきた。

「おーい、力仕事要員《ちからしごとよういん》、連《つ》れてきたぞ」

「おう！　悪《わる》いな」

野球部員《やきゅうぶいん》たちも大樹《だいき》の笑《え》みに一礼《いちれい》してこたえ、大道具《おおどうぐ》のほうへとすばやく散《ち》った。

自分《じぶん》の衣装《いしょう》を持《も》ち運《はこ》び用《よう》のバッグにしまっている拓実《たくみ》の後《うし》ろでも、女子《じょし》たちがしゃべっている。最初《さいしょ》に反対《はんたい》していたグループだ。

「あしたで終《お》わりかぁ」

「でもなんか、正直《しょうじき》、意外《いがい》と楽《たの》しかったね」

「うん、大変《たいへん》だったけど、成瀬《なるせ》さんのおかげだね」

よかった、と思《おも》いつつも、拓実《たくみ》は菜月《なつき》が気《き》になってしかたがなかった。菜月《なつき》を目《め》でさがす。江田《えだ》が菜月《なつき》に、衣装《いしょう》の入《はい》った大《おお》きなバッグをいくつもわたし、たのんでいた。

「菜月《なつき》、この荷物《にもつ》、視聴覚室《しちょうかくしつ》へ持《も》っていってくれる？」

視聴覚室《しちょうかくしつ》は、荷物置《にもつお》き場《ば》として使《つか》わせてもらっている。あしたの朝《あさ》、青年会《せいねんかい》の人《ひと》たちが、視聴覚室《しちょうかくしつ》にある荷物《にもつ》をトラックで、市民会館《しみんかいかん》まで運《はこ》んでくれることになっていた。

「うん、わかった」

これが、ふたりきりになるラストチャンス——直感《ちょっかん》した拓実《たくみ》は、菜月《なつき》にかけよった。

「おれも、運《はこ》ぶから」

重《おも》たいし、いくつもあるし、と言《い》いたげな態度《たいど》で、拓実《たくみ》がバッグを持《も》ちあげると、江田《えだ》と宇野《うの》の手前《てまえ》、菜月《なつき》も断《ことわ》れなかったようだ。

拓実《たくみ》をさけるように、残《のこ》ったバッグを持《も》ち、菜月《なつき》は無言《むごん》で歩《ある》きだした。拓実《たくみ》も追《お》う。


菜月《なつき》と拓実《たくみ》が続《つづ》いて体育館《たいいくかん》を出《で》てゆくのを、順《じゅん》がせつなそうにじっと見《み》ていることに、大樹《だいき》は気《き》づいた。

(成瀬《なるせ》……坂上《さかがみ》といいたいんだろ？　成瀬《なるせ》が笑《わら》うなら、オレ、できることはなんでもする。成瀬《なるせ》のおかげで、オレ、立《た》ちなおれたんだ。まちがってたことも、傷《きず》つけたことも、謝《あやま》れた。だから、こんどは、成瀬《なるせ》の力《ちから》になりたい)

大樹《だいき》は急《いそ》いで順《じゅん》にかけより、順《じゅん》の足《あし》もとにあった自分《じぶん》の衣装《いしょう》や小道具《こどうぐ》の入《はい》ったバッグをわたした。

「成瀬《なるせ》、これ、視聴覚室《しちょうかくしつ》に持《も》ってって」

順《じゅん》がうれしそうにほほえみ、バッグを持《も》って、拓実《たくみ》を追《お》いかけていった。

うす暗《ぐら》い廊下《ろうか》で、拓実《たくみ》は早足《はやあし》でどんどん行《い》ってしまう菜月《なつき》を、よびとめようとした。

「仁藤《にとう》、ちょっと待《ま》てよ」

けれど、菜月《なつき》は拓実《たくみ》を無視《むし》する。小走《こばし》りになって追《お》いつき、拓実《たくみ》は思《おも》わず、菜月《なつき》のうでをつかんだ。

「どうしたんだよ、なんかおまえ、変《へん》だぞ」

非常灯《ひじょうとう》の明《あ》かりの下《した》だった。拓実《たくみ》をにらみつけた菜月《なつき》は、なぜか、今《いま》にも泣《な》きそうだった。青白《あおじろ》い光《ひかり》が、うるんだひとみに映《うつ》ってゆれている。

「え……」

と、拓実《たくみ》がひるんだすきに、菜月《なつき》は拓実《たくみ》の手《て》をふりほどき、走《はし》っていってしまった。

「おい、ちょっと……仁藤《にとう》……！」

窓《まど》からもれる外《そと》の照明《しょうめい》の光《ひかり》だけで、暗《くら》い視聴覚室《しちょうかくしつ》へたどりついて、拓実《たくみ》は菜月《なつき》の背中《せなか》に声《こえ》をかけようとした。けれど、体《からだ》をかたくした菜月《なつき》にこばまれる。

「あとは、わたしがやっとくから。……それ置《お》いて、早《はや》く成瀬《なるせ》さんのところ、行《い》ってあげて」

「成瀬《なるせ》……？」

拓実《たくみ》は、いっしゅん、意味《いみ》がわからなかった。

順《じゅん》は視聴覚室《しちょうかくしつ》へついた。開《あ》けっぱなしのドアから一歩《いっぽ》入《はい》ったら、声《こえ》が聞《き》こえた。菜月《なつき》だ。

「だって、好《す》きなんでしょ、成瀬《なるせ》さんのこと」

「えっ……」

拓実《たくみ》の声《こえ》……順《じゅん》の心臓《しんぞう》がいっしゅん止《と》まるかと思《おも》った。そこにはちょうど書《か》き割《わ》りが置《お》いてあり、中《なか》のようすが見《み》えない。

(坂上《さかがみ》くんが……わたしのこと……)

血《ち》が逆流《ぎゃくりゅう》してきた。頭《あたま》がくらくらする。順《じゅん》は目《め》をぎゅっとつぶった。玉子《たまご》の神様《かみさま》のご利《り》益《やく》が――。

「なんで、そんなこと」

拓実《たくみ》がたずねると、菜月《なつき》が強《つよ》い調子《ちょうし》で言《い》い返《かえ》す。

「わかんないから！　坂上《さかがみ》くんの気持《きも》ち、全然《ぜんぜん》。あのときだって、あのあとだって、何《なに》も言《い》ってくれなかった」

「……そう……だよな。わかんないよな、言葉《ことば》にしなきゃ」

拓実《たくみ》が大《おお》きく息《いき》をすう音《おと》がした。

すった息《いき》を一気《いっき》にはきだすようにして、拓実《たくみ》は背《せ》をむけている菜月《なつき》をよんだ。

「仁藤《にとう》」

うつむいていた顔《かお》をまっすぐにおこす。はげしい鼓動《こどう》を感《かん》じながら、もうおさえきれないとばかりに、ふりかえった菜月《なつき》に語《かた》りかける。

「今《いま》まで、言葉《ことば》にしなくて、ごめん。おれ、ずっと、仁藤《にとう》が好《す》きだ」

菜月《なつき》が息《いき》をのんだとき――どさっ、と何《なに》かが落《お》ちる音《おと》がした。びくっとして、ふたりは音《おと》のしたドアのほうをふりむいた。

おそるおそる、書き割《かわ》りの裏《うら》をのぞいてみるが、だれもいない。廊下《ろうか》を見《み》ても、いない。

何《なに》かが落《お》ちて転《ころ》がっていることもなかった。


じつは……順《じゅん》がとり落《お》としたバッグは、たまたまそこにあった同《おな》じようなバッグにまぎれてしまったのだ。

体《からだ》を切《き》りさかれたかのようなショックで、順《じゅん》はめちゃくちゃに廊下《ろうか》を走《はし》っていた。なみだがこぼれ、止《と》まらない。前《まえ》がよく見《み》えない。

ただ、うかんでくるのは、拓実《たくみ》のまぼろし。

橋《はし》の上《うえ》で。

──『何《なに》かおれに話《はな》したいこと、あるんじゃないの？』

バスの中《なか》で。

──『歌《うた》ってみるのもありかもよ？　歌《うた》なら、呪《のろ》いとか、関係《かんけい》ないかもしれないし』

音楽室《おんがくしつ》で。

――『両方《りょうほう》とも成瀬《なるせ》の「本当《ほんとう》にしゃべりたいこと」なんだったら、それ全部《ぜんぶ》、伝《つた》えられたらなあって』

ピンクの玉子《たまご》をプレゼントしてくれた、拓実《たくみ》のあたたかな笑顔《えがお》。

『玉子《たまご》の歌《うた》』を歌《うた》っていた、さわやかでやさしい声《こえ》。

いつの間《ま》にか、順《じゅん》は校門《こうもん》の前《まえ》に出《で》ていた。もう、息《いき》が切《き》れて走《はし》れない。

足《あし》がもつれ、よろめいて、順《じゅん》はぶざまに転《ころ》んだ。冷《つめ》たい夜《よる》のアスファルトへと、たたきつけられる。

(みんなから……坂上《さかがみ》くんから、受《う》け入《い》れられたなんて、わかってもらえたなんて、わたしの勝手《かって》な思《おも》いこみ、都合《つごう》のいいかんちがい)

声《こえ》が出《で》ない代《か》わりに、とめどなく、なみだがあふれる。

(わたしのこと、好《す》きになってくれる人《ひと》なんて……いなかったんだ……だったら、何《なに》も言《い》わなければよかった。言《い》いたいことがあるなんて、伝《つた》えなければよかった……)

本当《ほんとう》にしゃべりたいこと……順《じゅん》は歌《うた》おうとした。悲《かな》しい歌《うた》を。

「♪……心《こころ》……は……さけ、ば……」

痛《いた》い！
体《からだ》がひきさかれるような痛《いた》みに、順《じゅん》はお腹《なか》をおさえて、もだえ苦《くる》しんだ。
痛《いた》い、痛《いた》い、痛《いた》い、痛《いた》い……。
「歌《うた》……歌《うた》えない……！」
拓実《たくみ》があたえてくれた歌《うた》は、お腹《なか》が痛《いた》くなって、歌《うた》えない。
絶望《ぜつぼう》におそわれ、順《じゅん》は号泣《ごうきゅう》した。

7 本当《ほんとう》の気持《きも》ち聞《き》いて

「地域《ちいき》ふれあい交流会《こうりゅうかい》」当日《とうじつ》。

市民会館《しみんかいかん》には、ぞくぞくと観客《かんきゃく》の老若男女《ろうにゃくなんにょ》が入場《にゅうじょう》していた。青年会《せいねんかい》が予想《よそう》していたよりも、ずっとおおぜいだ。

ステージ裏《うら》では、おおぜいの出演者《しゅつえんしゃ》たちが入《い》りみだれ、出番《でばん》を待《ま》っていた。もちろん、揚羽高校三年二組《あげはこうこうさんねんにくみ》も……けれど、その中《なか》に、成瀬順《なるせじゅん》のすがたはなかった。

着《き》がえもせず、制服《せいふく》のまま、拓実《たくみ》と菜月《なつき》は、順《じゅん》に連絡《れんらく》をとろうと、ホールの裏口《うらぐち》に出《で》て、なんどもメッセージを送《おく》っていた。大樹《だいき》もかけつけてくる。

「おい、坂上《さかがみ》。成瀬《なるせ》、まだ連絡《れんらく》とれないのか？」

大樹《だいき》のうでの三角巾《さんかくきん》は、医師《いし》の許可《きょか》をもらって、けさ、外《はず》された。これで玉子役《たまごやく》も、のびのびとできるはずだ。

「ああ。嶋《しま》っちょが自宅《じたく》に電話《でんわ》してくれたけど、家《いえ》もだれも出《で》ないって。今《いま》、出番《でばん》あと回《まわ》しにしてもらえないか、青年会《せいねんかい》の人《ひと》に交渉《こうしょう》してもらって——」

話《はな》しているとちゅうで、拓実《たくみ》がにぎっているスマホに着信《ちゃくしん》があった。

「あっ、成瀬《なるせ》！」

拓実《たくみ》が急《いそ》いでメッセージを開《ひら》く。

《ごめんなさい。やっぱり歌《うた》も、だめでした。本当《ほんとう》にごめんなさい》

「『歌《うた》も』……？」

——《歌《うた》なら、だいじょうぶみたいです！》

初《はじ》めて、教室《きょうしつ》で気持《きも》ちを歌《うた》にしたとき、順《じゅん》がそう言《い》っていたのを、拓実《たくみ》は思《おも》い返《かえ》した。

とてもうれしそうだった。晴《は》れ晴《ば》れとした笑顔《えがお》だった。

「腹痛《ふくつう》で、歌《うた》が歌《うた》えなくなったのか？」

菜月《なつき》がメッセージをのぞきこんで、いぶかしげになる。

「でもどうして？　きょうになって、とつぜん……」

すると、大樹《だいき》がうたがうような声《こえ》でたずねた。

「おまえら、きのう視聴覚室《しちょうかくしつ》で、成瀬《なるせ》と会《あ》わなかったか？」

「きのうって……」

あ！　と、拓実《たくみ》と菜月《なつき》は顔《かお》を見《み》あわせた。

（あの音《おと》、成瀬《なるせ》だったのか！　話《はなし》、聞《き》かれた……）

心当《こころあ》たりがあるんだな、とこわい顔《かお》で大樹《だいき》につめよられ、しかたなく、拓実《たくみ》はゆうべの告白《こくはく》を白状《はくじょう》した。

話《はな》しているところへ、岩木《いわき》、相沢《あいざわ》、三嶋《みしま》が、三人《さんにん》をさがしてやってきた。

「あっ、拓《たく》ちゃん、いた！」

「大《だい》ちゃん、みんな、そろそろ着《き》がえろって」

三嶋《みしま》たちにかまわず、拓実《たくみ》につかみかかりそうないきおいで、大樹《だいき》がさけぶ。

「おまえら、何《なに》やってくれてんだよっ！」

「でも、成瀬《なるせ》がおれらの話聞《はなしき》いたからって、歌《うた》えなくなるなんて……。第一《だいいち》、おれのこと、その……成瀬《なるせ》が『思《おも》って』るとか……」

本当《ほんとう》に、拓実《たくみ》にはわからなかった。けれど、大樹《だいき》にはわかっていたようで、怒《いか》りに満《み》ちた目《め》でにらんでくる。

「……おまえ……！」

菜月《なつき》も申《もう》し訳《わけ》なさそうにうつむいているので、拓実《たくみ》は、わかっていないのは自分《じぶん》だけだとさとった。

「坂上《さかがみ》、責任《せきにん》とれ。成瀬《なるせ》をさがしだして、何《なに》がなんでも、ここに連《つ》れてこい！」

「でも、もしそれが本当《ほんとう》だったら、今《いま》さらおれが何言《なにい》ったって――」

大樹《だいき》が、拓実《たくみ》の言葉《ことば》をさえぎってどなった。

「このままじゃ、ミュージカルができねぇだろっ。そしたらそれ、全部《ぜんぶ》、成瀬《なるせ》のせいになるんだぞ！」

「成瀬《なるせ》の……せいに？」

そんな……と、菜月《なつき》が口《くち》もとをおさえる。まるで自分《じぶん》のことみたいに、大樹《だいき》がくやしそうに言《い》った。

「どんな理由《りゆう》があろうと、自分《じぶん》のせいで、みんながんばってきたことがパアになったら、あとであいつ、ぜったい後悔《こうかい》する。死《し》ぬほど……」

(田崎《たさき》には、そんなつらい経験《けいけん》があるから、本気《ほんき》で成瀬《なるせ》を心配《しんぱい》できるんだ)と拓実《たくみ》は気《き》づいた。その経験《けいけん》に、拓実《たくみ》が根拠《こんきょ》もなく反論《はんろん》しても、ただの責任逃《せきにんのが》れだ。

「……おれ、行《い》ってくる。岩木《いわき》、あとはたのんだ!」

拓実《たくみ》は走《はし》りだした。自転車置《じてんしゃお》き場《ば》に止《と》めておいた、自分《じぶん》の自転車《じてんしゃ》にまたがる。

(待《ま》ってろ、成瀬《なるせ》!)


拓実《たくみ》を見送《みおく》ると、残《のこ》された五人《ごにん》は、対応《たいおう》を相談《そうだん》した。さがしに来《き》た城嶋先生《じょうしませんせい》にも、決《き》まった対応《たいおう》を報告《ほうこく》する。出番《でばん》はあと回《まわ》しにできた。

五人《ごにん》と城嶋先生《じょうしませんせい》はひかえ室《しつ》へ行《い》き、したくをすませて待機《たいき》していたクラスメートたちに、出番《でばん》が最後《さいご》になると、説明《せつめい》した。

「成瀬《なるせ》が体調悪《たいちょうわる》くて、家《いえ》で休《やす》んでるんだ」

真実《しんじつ》をかくした大樹《だいき》の言葉《ことば》に、みんながざわつく。

「成瀬《なるせ》さん、体調不良《たいちょうふりょう》って……」

「きのうまで、あんなに元気《げんき》だったのに？」

さわがしくなったのを、大樹《だいき》が大声《おおごえ》でしずめる。

「とにかく！　ぎりぎりまで成瀬《なるせ》の体調《たいちょう》が回復《かいふく》するのを待《ま》つ。最悪《さいあく》の場合《ばあい》は、仁藤《にとう》と岩木《いわき》に、成瀬《なるせ》と坂上《さかがみ》の代役《だいやく》をやってもらう」

菜月《なつき》は花《はな》の精《せい》の役《やく》、岩木《いわき》は悪《わる》い妖精《ようせい》の役《やく》だ。花《はな》の精《せい》や妖精《ようせい》はほかにも何人《なんにん》かいるので、ふたりくらいいなくても、なんとかなる。

「えっ、なんで坂上《さかがみ》まで代役《だいやく》？」と、男子《だんし》が聞《き》く。

「あ、あいつは……」

説明《せつめい》にこまった大樹《だいき》の後《うし》ろから、城嶋先生《じょうしませんせい》が助《たす》け船《ぶね》を出《だ》した。

「坂上《さかがみ》は、成瀬《なるせ》のようすを見《み》に行《い》ってる」

すると、女子《じょし》の一部《いちぶ》から、うたがうような声《こえ》があがった。

「なんか変《へん》。主役《しゅやく》やんのびびって、ばっくれたんじゃないの？」

「マジそうだったら、ひどくない？　自分《じぶん》で言《い》いだしたのに」

男子《だんし》からも疑問《ぎもん》が出《で》た。

「だいたい、いくら仁藤《にとう》だって、当日《とうじつ》に主役《しゅやく》とか無理《むり》じゃね？」

うたがう女子《じょし》たちが同調《どうちょう》する。

「そうだよ。失敗《しっぱい》したら、恥《はじ》かくの、あたしたちなんだからぁ」

やっぱり、と大樹《だいき》は思《おも》った。順《じゅん》をかばってくれる者《もの》ばかりではない。楽《たの》しくやっている
あいだは、順《じゅん》を持《も》ちあげていたのに。

腹《はら》が立《た》ったけれど、ぐっとこらえる。どう言《い》えば、彼女《かのじょ》たちをなだめられるのか、大樹《だいき》
が言葉《ことば》をさがしていたら、菜月《なつき》がきっぱりと告《つ》げた。

「わたしは、恥《はじ》かいたっていい。失敗《しっぱい》したって」

みんなを見《み》すえ、菜月《なつき》がどうどうと語《かた》る。

「正直《しょうじき》、代役《だいやく》なんて不安《ふあん》だし、心《こころ》の中《なか》じゃ、無理《むり》って思《おも》ってる。でも、成瀬《なるせ》さんだって、
きっと最初《さいしょ》は不安《ふあん》で……」

みんなだまってしまった。順《じゅん》がどれほどがんばっていたかを、思《おも》いうかべたのだろう。

「でも、勇気《ゆうき》出《だ》して主役《しゅやく》に立候補《りっこうほ》して、だれよりも練習《れんしゅう》がんばって……だからわたしも、

勇気《ゆうき》を出《だ》してやりとげたいの！　成瀬《なるせ》さんにぜったい、後悔《こうかい》なんかさせたくない！」

まだ、その女子《じょし》グループは、不満《ふまん》そうだった。

「……そりゃ、成瀬《なるせ》さんががんばってたのは、うちらだって知《し》ってるけどさ」

そのとき、ひとりの女子《じょし》が大《おお》きな声《こえ》をあげた。大樹《だいき》が実行委員《じっこういいん》に加《くわ》わり、オリジナルのミュージカルをやる、とホームルームで提案《ていあん》したとき、大樹《だいき》にくってかかっていた女子《じょし》だ。

「いいじゃん、やろうよ！　わたしたちだって、今《いま》まで練習《れんしゅう》してきたの、むだになっちゃうじゃん！」

意外《いがい》な人《ひと》の援護《えんご》に、大樹《だいき》はおどろき、むねが熱《あつ》くなった。自分《じぶん》のやってきたことは、まちがってなかったかも、と感《かん》じる。

すると、何人《なんにん》もが賛成意見《さんせいいけん》を口《くち》ぐちにのべはじめた。

「そうだよ。仁藤《にとう》さんと岩木《いわき》が代役《だいやく》やるってんなら、別《べつ》にあたしたちは、練習《れんしゅう》どおりでいいんだからさぁ」

「まあ、そう言《い》われればそうだよな」

「たしかに成瀬《なるせ》、がんばってたよな」

「うちのばあちゃんも、楽《たの》しみにしてるしな」という男子《だんし》の意見《いけん》に、「うちも」「だよな」、と笑《わら》い声《ごえ》がおきる。大樹《だいき》はほっとした。

「地域《ちいき》ふれあい交流会《こうりゅうかい》」がスタートし、プログラムが半分《はんぶん》ほど終《お》わった。コーラス・グループ、中学校《ちゅうがっこう》の吹奏楽部《すいそうがくぶ》、幼稚園児《ようちえんじ》たちのおゆうぎ、小学校《しょうがっこう》のリコーダークラブ、お琴教室《こときょうしつ》のメンバー、日本舞踊《にほんぶよう》、詩吟《しぎん》、フラダンス・サークル。発表《はっぴょう》を終《お》えた出演者《しゅつえんしゃ》たちが、どんどん入《い》れかわる。

順《じゅん》の母《はは》・成瀬泉《なるせいずみ》は、フラダンスが終《お》わったところで、市民会館《しみんかいかん》の観客席《かんきゃくせき》に入《はい》った。ぎりぎりでまにあった。今《いま》から、順《じゅん》たちのミュージカルだ。

息《いき》を切《き》らし、通路《つうろ》できょろきょろと空席《くうせき》をさがしていると、すぐそばで、だれかが手招《てまね》きした。

「成瀬《なるせ》さん、よかったら、となり、どうぞ」

坂上拓実《さかがみたくみ》の祖母《そぼ》だった。祖父《そふ》もいっしょだ。泉《いずみ》が、お礼《れい》を言《い》ってとなりにこしかけると、祖母《そぼ》はささやいた。

「ちょうど今《いま》、前《まえ》の演《だ》しものが終《お》わったところですよ」

「まにあってよかった」と、祖父《そふ》もにこにこしている。

ところが、ステージのすみで、スタンドマイクにむかった司会者《しかいしゃ》がメモを読《よ》みあげた。

「えー、つぎの演目《えんもく》は、秩父音頭保存会《ちちぶおんどほぞんかい》のみなさんに変更《へんこう》になりました。揚羽高校三年二《あげはこうこうさんねんに》組《くみ》によるミュージカル『青春《せいしゅん》の向《む》う脛《ずね》』は、あとの上演《じょうえん》になりますので、ご了承《りょうしょう》くださ
い」

「あら……何《なに》かあったのかしら」

祖母《そぼ》がつぶやき、泉《いずみ》はいやな予感《よかん》がして、ぎゅっとひざの上《うえ》のバッグをつかんだ。

順《じゅん》をさがして、拓実《たくみ》は全力《ぜんりょく》で自転車《じてんしゃ》を走《はし》らせた。奉納玉子《ほうのうたまご》のお寺《てら》にも、自分《じぶん》の家《いえ》の近《ちか》くにも、見《み》あたらない。最初《さいしょ》に順《じゅん》と話《はな》した橋《はし》の上《うえ》に来《き》たけれど、やはり、いなかった。

「いないか……。ってか、どこさがせば、いいんだよ！　あいつの行《い》きそうなとこなんか、おれ、知《し》らない……」

もう、思《おも》いあたる場所《ばしょ》がない。とほうにくれたとき、スマホがバイブした。電話《でんわ》だ。

出《で》ると、大樹《だいき》だった。いたか？　と聞《き》かれ、いない、とこたえる。

「舞台《ぶたい》、もうはじまった？」

『まだこれから。出番《でばん》、ずらしてもらったから』

「そっか……」

『成瀬《なるせ》のお母《かあ》さん、会場《かいじょう》に来《き》てたって、嶋《しま》っちょが』

「え？　……そうか、わかった」

急《いそ》ぐから、と拓実《たくみ》は電話《でんわ》を切《き》った。

「成瀬《なるせ》、お母《かあ》さん、よんだんだ……」

──《わたしのおしゃべりのせいで、両親《りょうしん》が離婚《りこん》してしまったから》

順《じゅん》は、母親《ははおや》に伝《つた》えたいことがあって、あんな歌詞《かし》を書《か》いたのだろう、と拓実《たくみ》は思《おも》った。

主人公《しゅじんこう》の少女《しょうじょ》の心《こころ》の声《こえ》を歌《うた》った歌詞《かし》に、そんなイメージの言葉《ことば》があった。

ごめんなさい。ありがとう。

はっ、と拓実《たくみ》は気《き》がついた。この橋《はし》の上《うえ》でやりとりしたときに、そのメッセージを見《み》せられたのだが……たしか、そのとき──。

急《いそ》いで、履歴《りれき》をさかのぼる。最初《さいしょ》のメッセージが出《で》てきた。

《ありがとう》

拓実《たくみ》のむねが痛《いた》んだ。順《じゅん》と関《かか》わるようになり、したわれたのは、この方法《ほうほう》を教《おし》えてからだ。そんなつもりはなかったのに、結果《けっか》、裏切《うらぎ》ってしまったんだ……。

読《よ》みかえすのが、つらくなる。裏切《うらぎ》って、傷《きず》つけた……でも、手《て》がかりをさがさないと。彼女《かのじょ》を見《み》つけださないと。

泣《な》きたくなるのをがまんして続《つづ》きを読《よ》むと、あった。

《山《やま》の上《うえ》のお城《しろ》》

「山《やま》の上《うえ》の城《しろ》……すべての物語《ものがたり》の、はじまり……」

顔《かお》をあげると、丘《おか》みたいな低《ひく》い山《やま》の上《うえ》、青《あお》いとんがり屋根《やね》がのぞいていた。初《はじ》めて順《じゅん》とやりとりした、あのときと同《おな》じに。あのときよりは色濃《いろこ》くなった、緑《みどり》のこずえごしに。

とうとう、三年二組《さんねんにくみ》をのぞいて、すべてのプログラムが終《お》わってしまった。司会者《しかいしゃ》がアナウンスする。

「それでは皆様《みなさま》お待《ま》ちかね、揚羽《あげは》高校《こうこう》三年《さんねん》二組《にくみ》によるミュージカル『青春《せいしゅん》の向《む》う脛《ずね》』です。ミュージカルは、『地域《ちいき》ふれあい交流会《こうりゅうかい》』では初《はじ》めての試《こころ》みです」

そのアナウンスを、出演《しゅつえん》するクラスメートが、舞台袖《ぶたいそで》にスタンバイして聞《き》いた。主人公《しゅじんこう》の少女《しょうじょ》のワンピースを着《き》た菜月《なつき》が、まだ拓実《たくみ》に電話《でんわ》しようとしている大樹《だいき》をうながす。

「田崎《たさき》くん、もうタイムリミットが……」

深呼吸《しんこきゅう》し、大樹《だいき》はスマホの電話発信画面《でんわはっしんがめん》を消《け》した。みんなを見《み》わたす。

「よし、みんな、成瀬《なるせ》のためにもこの舞台《ぶたい》、ぜったい成功《せいこう》させるぞ！」

「おーっ」という声《こえ》と、開演《かいえん》のブザーが重《かさ》なった。

音響室《おんきょうしつ》で、悪《わる》い妖精《ようせい》の衣装《いしょう》の上《うえ》からジャージをはおった相沢《あいざわ》が、パソコンにプログラミングされた音楽《おんがく》をスタートさせる。となりで、舞台監督《ぶたいかんとく》の城嶋先生《じょうしませんせい》がそれを確認《かくにん》し、ナレーション役《やく》をする放送委員《ほうそういいん》の女子《じょし》に合図《あいず》した。ナレーションがはじまる。

『昔《むかし》むかし　あるところに、お城《しろ》の舞踏会《ぶとうかい》にあこがれる、貧《まず》しい少女《しょうじょ》がいました』

幕《まく》があがり、舞台《ぶたい》に立《た》つ少女《しょうじょ》の後《うし》ろすがたに、スポットライトが当《あ》たった――。

成瀬泉《なるせいずみ》は、暗《くら》い舞台《ぶたい》にうかびあがった後《うし》ろすがたに、どきりとした。

(順《じゅん》……?)

ナレーションが続《つづ》く。

遠《とお》くに見《み》えるお城《しろ》。少女《しょうじょ》はそこで開《ひら》かれている舞踏会《ぶとうかい》を想像《そうぞう》し、お城《しろ》の窓《まど》の明《あ》かりをぼんやりながめている。

『少女《しょうじょ》は夢見《ゆめみ》ます。いつかわたしも、すてきな王子様《おうじさま》と、お城《しろ》の舞踏会《ぶとうかい》へ……』

音楽《おんがく》が変《か》わった。歌《うた》の伴奏《ばんそう》だ。少女《しょうじょ》が歌《うた》いだす。

『♪きんぴかのお城《しろ》で　夜《よ》ごとくりかえす』

けれど、ふりかえった少女《しょうじょ》は、別《べつ》の女子生徒《じょしせいと》だった。

やっぱり、とがっかりして、泉《いずみ》はうつむいた。

緊張《きんちょう》しながら、少女《しょうじょ》——菜月《なつき》は歌《うた》いはじめた。メロディーは、百年《ひゃくねん》ほど前《まえ》に、アメリカ人《じん》のガーシュインが作曲《さっきょく》した大《だい》ヒット曲《きょく》『スワニー』を借《か》りている。

『♪紳士《しんし》と淑女《しゅくじょ》つどう　あの舞踏会《ぶとうかい》』
少女《しょうじょ》のセリフは、すべてナレーションにあわせた口《くち》パクだ。順《じゅん》ではセリフが言《い》えないので、そうなった。ほかの出演者《しゅつえんしゃ》たちは、自分《じぶん》でセリフを言《い》う。
『♪ひるがえるドレスは　赤《あか》い魚《さかな》みたい
ホールを泳《およ》いでく　尾《お》びれゆらして』
少女《しょうじょ》は舞踏会《ぶとうかい》へのあこがれを、せつなく歌《うた》い、おどる。そして、ナレーションが語《かた》る。
『しかしそのお城《しろ》は、じつは処刑場《しょけいじょう》で、罪人《ざいにん》たちは一生《いっしょう》、おどり続《つづ》けなければならないという罰《ばつ》が科《か》せられていたのです』
つぎの歌《うた》は、同《おな》じくガーシュインが作曲《さっきょく》した『サマータイム』のメロディーにのせる。もの悲《がな》しい子守歌《こもりうた》として作《つく》られた曲《きょく》だ。
『♪くらい　なら　ちょっとくらい　夢《ゆめ》を見《み》るくらい
くらい　まやかしだって　いいからおどってみたい』
少女《しょうじょ》は、真実《しんじつ》を知《し》っても、なお、おどりたいと願《ねが》った。身《み》よりもない貧《まず》しいひとりぐらしで、孤独《こどく》な毎日《まいにち》にたえるよりもいい、たとえ罰《ばつ》でもいいから――。

ミュージカルが開演《かいえん》したころ、拓実《たくみ》は山《やま》の上《うえ》のお城《しろ》にたどりついていた。自転車《じてんしゃ》を乗《の》り捨《す》て、入《い》り口《ぐち》の門《もん》にはられた立《た》ち入《い》り禁止《きんし》のテープをくぐる。幸《さいわ》い、自動《じどう》ドアはこわれて開《あ》けっぱなしだった。

まわりに雑草《ざっそう》が生《お》いしげり、落書《らくが》きだらけの建《た》てものの中《なか》へと、拓実《たくみ》は足《あし》をふみいれた。真《ま》っ暗《くら》なので、スマホの電源《でんげん》を入《い》れ、バックライトで行《ゆ》く先《さき》を照《て》らす。

クモの巣《す》だらけで、床《ゆか》には土《つち》ぼこりがつもっている。歩《ある》けば、くっきり足跡《あしあと》が残《のこ》るほどだ。けっこうたくさんの足跡《あしあと》があり、古《ふる》いものも、新《あたら》しいものもあった。

「成瀬《なるせ》！　おーい、成瀬《なるせ》！」

名前《なまえ》をよぶけれど、暗《くら》やみにむなしくひびくだけだ。廊下《ろうか》にそって、たくさんのドアがならんでいる。

拓実《たくみ》はかたっぱしから、部屋《へや》のドアを開《あ》けてみた。割《わ》れた窓《まど》からさしこむ光《ひかり》に、ぱあっと、ほこりが舞《ま》い立《た》つだけで、だれもいない。空《から》っぽの室内《しつない》に、ぼろぼろの布《ぬの》がかかったベッドが置《お》いてあるばかり。

「成瀬《なるせ》ーっ」

さがして、さがして、次第《しだい》に早足《はやあし》になり、走《はし》りまわりながら、奥《おく》へ進《すす》む。

「成瀬《なるせ》っ、成瀬《なるせ》ーっ」

ふと気《き》づくと、足《あし》もとについている足跡《あしあと》が、ひとり分《ぶん》だけになっていた。しかも、真新《まあたら》しい。暗《くら》い暗《くら》い奥《おく》へと、すいこまれていっている。

(これ！)

拓実《たくみ》は足跡《あしあと》をバックライトで照《て》らし、たどって走《はし》った。それは、行《い》き当《あ》たりの部屋《へや》のドアの前《まえ》で、とぎれていた。

深呼吸《しんこきゅう》し、拓実《たくみ》はゆっくりと、さびついたドアを開《あ》けた。

ベッドによりかかってひざをかかえ、うずくまっている、制服《せいふく》すがたの順《じゅん》がいた。

「……成瀬《なるせ》……」

ほっとして、拓実《たくみ》は全身《ぜんしん》から力《ちから》がぬけそうになった。

拓実《たくみ》の声《こえ》に、のろのろと順《じゅん》が顔《かお》をあげた。

「成瀬《なるせ》、行《い》こう。みんなが待《ま》ってる」

うつむいた順《じゅん》は、力《ちから》なく首《くび》を横《よこ》にふった。

「もう……もどれないよ。みんなに、めいわくかけて……」

順《じゅん》がふつうにしゃべったので、拓実《たくみ》はあぜんとした。

「成瀬《なるせ》……おまえ……」

すると順《じゅん》は、投《な》げやりな態度《たいど》で、ぺらぺらとよどみなくしゃべりだす。

「変《へん》でしょ。歌《うた》えなくなったら、ふつうにしゃべれるようになったの。呪《のろ》いが歌《うた》に、乗《の》りうつったみたい。歌《うた》ならだいじょうぶとか、調子《ちょうし》に乗《の》ったから——」

「呪《のろ》いなんか、ない！」

順《じゅん》にステージへもどってほしい一心《いっしん》で、さえぎって拓実《たくみ》がさけぶと、順《じゅん》は立《た》ちあがり、拓実《たくみ》を無視《むし》して出《で》ていこうとする。

「成瀬《なるせ》、おまえだってわかってんだろ？　呪《のろ》いなんか——」

「あるよ」

冷《つめ》たい声《こえ》を、順《じゅん》がかぶせてきた。

「ない」

「あるって」

「ないって！」

「ないと、こまるの！」

ドアのところで、どん、と順《じゅん》が足《あし》をふみならして止《と》まった。拓実《たくみ》がはっとして順《じゅん》を見《み》つめると、順《じゅん》は背《せ》をむけたまま、ぶちまけた。

「だって、全部《ぜんぶ》わたしのせいだから！　わたしのせいで、ママとパパが離婚《りこん》して、わたしのせいで、みんなにめいわくかけて。なのに、わたしが、なんの罰《ばつ》も受《う》けないなんて……そんなの、ゆるせないよっ」


ミュージカルのステージでは、少女《しょうじょ》が妖精《ようせい》たちにうったえている。お城《しろ》の舞踏会《ぶとうかい》へ行《い》くにはどうすればいいのか、と。

妖精《ようせい》たちは、少女《しょうじょ》のあこがれを食《く》いものにする、悪者《わるもの》だった。

相沢演《あいざわえん》じるメガネの妖精《ようせい》が、大《おお》げさな身《み》ぶりで、バカにしたようにこたえる。

『ほーう。きみは、罪《つみ》を犯《おか》したいと言《い》うのかい？』

そのセリフに、ナレーションが続《つづ》いた。

『少女《しょうじょ》は、ひっしにうったえます。

〈そうよ！　わたしはおどりたいの！　たとえあのお城《しろ》でおこなわれているのが、罪人《ざいにん》の舞踏会《ぶとうかい》だと知《し》っても、それでも！〉』

『だったら、あいつらに負《ま》けない罪《つみ》を犯《おか》さないといとなぁ』

岩木演《いわきえん》じる妖精《ようせい》も、少女《しょうじょ》をそそのかす。

『そう、たとえば……』

妖精《ようせい》たちが歌《うた》い、あやしいおどりをはじめる。メロディーは、フォーミン作曲《さっきょく》の『長《なが》い道《みち》』というロシアの曲《きょく》だ。

『♪ポケットに　手《て》をつっこみゃ　マッチの箱《はこ》ひとつ
そんな寒《さむ》かないのに　おまえは火《ひ》をつけた』

ぼっ！　と相沢《あいざわ》がアドリブで、火《ひ》が燃《も》えあがるしぐさをする。観客席《かんきゃくせき》の子《こ》どもたちから、ひっ、と息《いき》をのむ音《おと》がもれた。
『♪必要《ひつよう》なのは罪《つみ》　それもでかい罪《つみ》だ
　いっそ着火《ちゃっか》しちゃえ　怒《いか》りおもむくままに』
追《お》いつめるみたいに、歌《うた》のテンポが次第《しだい》に速《はや》まっていった。

拓実《たくみ》はスマホの電源《でんげん》を落《お》としてポケットに入《い》れると、ベッドを背後《はいご》にし、順《じゅん》にむかって正座《せいざ》した。

「……何《なに》よ」

すねた声《こえ》で、むこうをむいたままの順《じゅん》がつぶやいた。

「もっとしゃべってくれ。おまえの、本当《ほんとう》の気持《きも》ち」

順《じゅん》はだまったままだ。

「おれを傷《きず》つけてもいいから。傷《きず》ついてもいいから。……おまえが本当《ほんとう》にしゃべりたいこと、全部聞《ぜんぶき》きたいんだ」

本気《ほんき》だった。

ステージにもどるとか、そんなこと以前《いぜん》にまず、拓実《たくみ》が順《じゅん》を裏切《うらぎ》ったことに、罰《ばつ》とか報《むく》いとか、受《う》けなくてはならない。順《じゅん》が罰《ばつ》を受《う》けたいというなら、拓実《たくみ》だって。

ゆるせない、ゆるされないのは、同《おな》じだ。

肩《かた》で大《おお》きく息《いき》をすうと、順《じゅん》がゆっくりとふりむいた。真剣《しんけん》なひとみで順《じゅん》を見《み》すえ、動《うご》かない拓実《たくみ》に、本気《ほんき》だとわかったらしい。静《しず》かにたずねる。

「……ほんとに……いいの？」

拓実《たくみ》は深《ふか》くうなずいた。

スカートを両手《りょうて》でつかんで、全身《ぜんしん》から声《こえ》をしぼりだし、順《じゅん》がさけぶ。

「やさしいふりして、卑怯者《ひきょうもの》ぉっ。思《おも》わせぶりなことばっか言《い》って、好《す》きでもないのに、やさしくすんなぁっ」

「……うん」

「優柔不断《ゆうじゅうふだん》で鈍感《どんかん》なくせに、いつもわたしの気持《きも》ちわかってくれて……キモいんだよ！」

「……うん」

「わたしなんて、無視《むし》すればよかった！　ミュージカルだって、最初《さいしょ》から断《ことわ》ればよかった！」

いらついたように、順《じゅん》がじだんだをふむ。

「なんで……なんでよっ」

順《じゅん》は泣《な》きだしてしまった。ぺたん、とすわりこむ。

「ウソつき……ウソつき……ウソつきっ」

全部《ぜんぶ》そのとおりだ、と拓実《たくみ》は何《なに》も言《い》い返《かえ》せなかった。順《じゅん》に共感《きょうかん》しているつもりで、救《すく》われようとしていたのは、自分《じぶん》だった。自分《じぶん》ひとりでは表《おもて》に出《だ》せなかった、おしこめていた思《おも》いを、順《じゅん》が代弁《だいべん》してくれたから、それに乗《の》っかった……。

悲《かな》しくて、せつなくて、くやしくて……口《くち》もとをゆがめた拓実《たくみ》に、順《じゅん》がわれに返《かえ》り、つらそうな表情《ひょうじょう》に変《か》わる。

また、傷《きず》つけてしまう……相手《あいて》の怒《いか》りに乗《の》っかって、自分《じぶん》がゆるされようとしてしまう……みんな、順《じゅん》のおかげなのに。……おかげ……。

そう気《き》づいたとき、拓実《たくみ》は肩《かた》から力《ちから》がぬけた。おだやかな気持《きも》ちが、心《こころ》に広《ひろ》がり、満《み》たしてゆく。

ほほえみをもらした拓実《たくみ》に、順《じゅん》が目《め》を丸《まる》くした。

「そうだよ。おれ、ずっとウソついてた。本音《ほんね》とか、思《おも》ったこと言《い》わないくせ、いつの間《ま》にかついててさ。そのうち、本当《ほんとう》に伝《つた》えたいことなんて、何《なに》もないんじゃないかって、思《おも》うようになって……」

息《いき》をつめ、順《じゅん》が耳《みみ》をかたむけている。拓実《たくみ》は語《かた》りかけた。

「でも成瀬《なるせ》は、腹《はら》が痛《いた》くなるのに、ひっしに言葉《ことば》ふりしぼってさけんでて。そんなおまえ見《み》たら、なんか、おれもって」

感謝《かんしゃ》をこめて、拓実《たくみ》は告《つ》げた。

「おれ、成瀬《なるせ》のおかげで、自分《じぶん》の本当《ほんとう》の気持《きも》ち、やっと言《い》えたんだ」

「わたしの……おかげ？　せい、じゃなくて？」

拓実《たくみ》は深《ふか》くうなずいた。

「おまえのおかげだ。……クラスのみんなも、成瀬《なるせ》のおかげで、ミュージカルができて、楽《たの》しいって」

「わたしの……おかげ……わたしの……」

信《しん》じられないのか、順《じゅん》がぼうぜんとなる。立《た》ちあがると、拓実《たくみ》は順《じゅん》に手《て》をさしのべた。

「行《い》こう。おまえのお母《かあ》さんも、会場《かいじょう》に来《き》てる」

順《じゅん》がびっくりした顔《かお》に変《か》わる。

「自分《じぶん》でよんだんだろ。お母《かあ》さんに伝《つた》えたいこと、あったんじゃないのか？」

奥歯《おくば》をかんで、順《じゅん》がうつむいてしまった。

「おまえの本当《ほんとう》の気持《きも》ち、自分《じぶん》でちゃんと、伝《つた》えに行《い》こ？」

「……ママ……」

なみだとして、順《じゅん》の思《おも》いが早《はや》くもあふれてしまう。

拓実《たくみ》は思《おも》わず順《じゅん》に手《て》を貸《か》して、ささえながら立《た》ちあがらせた。小《ち》さく、消《き》え入《い》りそうな声《こえ》で、順《じゅん》が拓実《たくみ》に文句《もんく》を言《い》う。

「どうして？　わたしの心《こころ》……読《よ》まないでって言《い》ったのに……」

すすり泣《な》いている順《じゅん》に、拓実《たくみ》がやさしい気持《きも》ちで笑《え》みをむけると……順《じゅん》が拓実《たくみ》から一歩《いっぽ》はなれ、むきなおった。

「わたし、まだ言《い》いたいことあった」

「ん？」

拓実《たくみ》を見《み》つめ、順《じゅん》が決意《けつい》したように深呼吸《しんこきゅう》する。緊張《きんちょう》し、うわずった声《こえ》になりながら、順《じゅん》が言《い》った。

「坂上《さかがみ》くん。……坂上《さかがみ》、拓実《たくみ》、くん……」

初《はじ》めて、順《じゅん》の口《くち》から、声《こえ》に出《だ》して、拓実《たくみ》の名前《なまえ》がよばれる。

「わたし、坂上拓実《さかがみたくみ》くんが、好《す》き」

「ありがとう。でもおれ……」

真剣《しんけん》な告白《こくはく》……受《う》け止《と》めるのは、とてもつらかった。苦《にが》いものが口《くち》の中《なか》で広《ひろ》がり、舌《した》を動《うご》かさないようにしてくる気《き》がする。それでも拓実《たくみ》はもう、ウソはつかないと決《き》めた。

「おれ、仁藤《にとう》が好《す》きだ」

「……うん、知《し》ってる」

そう明《あか》るく言《い》いきると、ふっきれた顔《かお》になり、順《じゅん》がほほえんだ。

ミュージカルの発表《はっぴょう》が続《つづ》くステージ。

玉子役《たまごやく》の衣装《いしょう》に着《き》がえた大樹《だいき》は、舞台袖《ぶたいそで》でそのようすを見守《みまも》りつつ、スマホの時計《とけい》を気《き》にしていた。

（もう半分《はんぶん》か……急《いそ》げよ、坂上《さかがみ》！）

ステージの上《うえ》で村人《むらびと》たちが、はげしいおどりをおどっている。メロディーは、ブルクミュラー作曲《さっきょく》のピアノ曲《きょく》『アラベスク』。短調《たんちょう》の曲《きょく》で、たたみかけるようなリズムだ。

村人《むらびと》たちは、街《まち》が火事《かじ》になったことに大《おお》さわぎしているのだが、だれも少女《しょうじょ》には注意《ちゅうい》をむけない。少女《しょうじょ》はうったえた。

『〈あ、あの、わたしが犯人《はんにん》なんです。なので、お城《しろ》の舞踏会《ぶとうかい》に〉』

『ああ、いいから、いいから。ちょっとあっちに行《い》ってて！』

おどりが終《お》わり、村人《むらびと》たちが袖《そで》にひっこんだ。ぼうぜんとする少女《しょうじょ》を残《のこ》し、暗転《あんてん》する。

そのとき、大樹《だいき》のスマホがバイブした。電話《でんわ》に出《で》ると、拓実《たくみ》だった。見《み》つかった、今《いま》からもどる、というので、大樹《だいき》はほっとした。

「……うん、わかった。成瀬《なるせ》もいっしょなんだな」

電話《でんわ》を切《き》ると、気《き》づいた宇野《うの》と江田《えだ》が、妖精《ようせい》の衣装《いしょう》のままかけよってくる。

「成瀬《なるせ》、体調復活《たいちょうふっかつ》したの？」

「ああ」

「でもどうすんの？　今《いま》から、菜月《なつき》と入《い》れかえっていうのも……」

「別《べつ》にいいんじゃね？」

背後《はいご》から声《こえ》をかけたのは、城嶋先生《じょうしませんせい》だった。

「嶋《しま》っちょ？」

「だって、ミュージカルには、奇跡《きせき》がつきものなんだからさ」

にやりとすると、城嶋先生《じょうしませんせい》が秘策《ひさく》を説明《せつめい》しはじめた。

成瀬泉《なるせいずみ》は、順《じゅん》の出《で》ない舞台《ぶたい》を見《み》ていられず、悲《かな》しくて、はずかしくて、とちゅうで出《で》ていこうとした。

暗転《あんてん》している今《いま》のうちに……でも、もしかしたら、これから……とついためらっているうちに、つぎの場《ば》がはじまってしまった。

音楽《おんがく》とナレーションがはじまる。全身白《ぜんしんしろ》い衣装《いしょう》に、白《しろ》いマントで、玉子《たまご》の殻《から》みたいなかぶりものをした「玉子《たまご》」と、少女《しょうじょ》のやりとりだ。

何《なに》をやっても罪《つみ》に問《と》われないと、少女《しょうじょ》はなやみ、「玉子《たまご》」に教《おし》えられる。

『そんな罪《つみ》じゃ、あの舞踏会《ぶとうかい》には行《い》けないなあ。もっと大《おお》きな罪《つみ》じゃなけりゃ。いいかい、この世界《せかい》で、もっとも重大《じゅうだい》な罪《つみ》は、言葉《ことば》で人《ひと》を傷《きず》つけることなんだ』

少女《しょうじょ》は村人《むらびと》たちにむかい、悪口《わるくち》を歌《うた》いはじめた。息《いき》が切《き》れ、たおれるまで。

つらい場面《ばめん》にむねをつらぬかれた泉《いずみ》に、ナレーションがひびいた。

『なぞの玉子《たまご》にそそのかされた少女《しょうじょ》は、考《かんが》えつくかぎりの悪口《わるくち》を言《い》いまくり……人《ひと》を傷《きず》つけ、人《ひと》にきらわれ、そして気《き》がつくと……言葉《ことば》を失《うしな》っていました』

言葉《ことば》を失《うしな》った……これが順自身《じゅんじしん》の物語《ものがたり》だと気《き》がつき、泉《いずみ》はいたたまれなくなった。

少女《しょうじょ》は村人《むらびと》に話《はな》しかけるが、声《こえ》が出《で》ないので、無視《むし》される。少女《しょうじょ》の孤独《こどく》はいっそう深《ふか》まり、玉子《たまご》はそのようすを見《み》て楽《たの》しんでいる。

（これが……順《じゅん》の毎日《まいにち》だったの？　なのに、わたしは……わかろうとしなかった……）

しゃべらない子《こ》、とうわさされたので、「長電話《ながでんわ》が好《す》きな娘《むすめ》」と作《つく》り話《ばなし》をよその人《ひと》にした。しゃべらないことがばれないよう、だれかが家《いえ》に来《き》ても、応《おう》じるなと命《めい》じた。

自分《じぶん》のしてきたことを思《おも》いだし、身《み》を切《き》られる思《おも》いがして、泉《いずみ》がこんどこそ出《で》ていこうとしたら、となりからそでをつかまれる。

「成瀬《なるせ》さん、もうすこし、見《み》ていきましょうよ。このミュージカル、おじょうさんが書《か》いたんでしょ？」

拓実《たくみ》の祖母《そぼ》だった。祖父《そふ》もうなずき、泉《いずみ》をなだめる。

「最後《さいご》まで、ちゃんと見《み》とどけてやりましょう」

泉《いずみ》はしかたなく、こしをおろした。目《め》をつぶる。

ステージの上《うえ》では、声《こえ》を失《うしな》った少女《しょうじょ》が、のどをおさえて苦《くる》しんでいた。「玉子《たまご》」がおどり、高笑《たかわら》いする。

『それが、おまえの罪《つみ》への罰《ばつ》！　みんな、おまえの声《こえ》が出《で》ないのを、のぞんでるんだ！』

目《め》はつぶっても、セリフは聞《き》こえてくる。泉《いずみ》はたえられず、思《おも》わずつぶやいた。

「……ちがう……わたし、そんなこと、のぞんでなんか……！」

『そのとき、少女《しょうじょ》の心《こころ》の声《こえ》が聞《き》こえてきました』

客席《きゃくせき》の後方《こうほう》から、清《きよ》らかな歌声《うたごえ》がひびいてきた。

『♪わたしの声《こえ》　さようなら　あの山《やま》の先《さき》の　深《ふか》くねむる湖《みずうみ》に　行《い》ってしまった』

イギリスの、五百年近《ごひゃくねんちか》く前《まえ》から伝《つた》わるという古《ふる》い古《ふる》い民謡《みんよう》『グリーンスリーヴス』。失《しっ》恋《れん》の歌《うた》だ。

悲《かな》しい調《しら》べで歌《うた》っているのが、順《じゅん》の声《こえ》だと思《おも》いあたり、泉《いずみ》はいきおいよくふりむいた。

スポットライトが当《あ》たっているのは、制服《せいふく》の上《うえ》にマントをはおった順《じゅん》だ。客席《きゃくせき》の階段《かいだん》を、歌《うた》いながら降《お》りてくる。

『♪ごめんなさい　ありがとう　ありふれた言葉《ことば》
おはよう　おやすみなさい　今《いま》は恋《こい》しい』

歌《うた》う順《じゅん》が、泉《いずみ》のわきを通《とお》りすぎる。たしかに、歌声《うたごえ》は順《じゅん》の口《くち》から聞《き》こえてくる。

歌《うた》いつつ客席《きゃくせき》を通《とお》りぬけ、ステージに上《あ》がった順《じゅん》が、こちらをむいた。

『♪わたしの声《こえ》　さようなら　伝《つた》えたい気持《きも》ち』

そこまで歌《うた》ったとき、泉《いずみ》と順《じゅん》の視線《しせん》が交《まじ》わった。気《き》づいた順《じゅん》が、声《こえ》をつまらせる。

『♪……ごめ、んなさい……ありが、と……大好《だいす》き　ずっと』

歌《うた》い終《お》えた順《じゅん》のくちびるが、……ママ……と、かすかに動《うご》いた。泉《いずみ》は泣《な》く声《こえ》をおさえるのがやっとだった。なみだが止《と》まらなくて、景色《けしき》がぼやける。

順《じゅん》の出番《でばん》が終《お》わり、いったん幕《まく》が下《お》りる。舞台袖《ぶたいそで》にもどってきた順《じゅん》を、妖精《ようせい》たちや村人《むらびと》たちの衣装《いしょう》を着《き》たみんなが、わっといっせいにとりかこんだ。拓実《たくみ》も舞台袖《ぶたいそで》に到着《とうちゃく》し、順《じゅん》の歌声《うたごえ》を聞《き》いていた。宇野《うの》が順《じゅん》をだきしめる。

「よかったよ！　成瀬《なるせ》」

「ごめんなさい……わたし、みんなにめいわくかけて」

しっかりとした声《こえ》で謝《あやま》った順《じゅん》に、全員《ぜんいん》がびっくりして、きょとん、となった。江田《えだ》と宇《う》野《の》がこわごわと聞《き》く。

「……成瀬《なるせ》、さん？」

「お腹《なか》、痛《いた》くならないの？」

「おまえ……しゃべれるようになったのか？」

大樹《だいき》がたずね、順《じゅん》がこたえようとしたら、衣装係《いしょうがかり》とメイク係《がかり》の女子《じょし》が、ふたりがかりで順《じゅん》をひっぱった。

「ああもう、そんなこといいから」

「成瀬《なるせ》さん、メイク、メイク。これから先《さき》は、あんたが、少女《しょうじょ》やるんだからね！」

「こっち来《き》て、早《はや》く早《はや》く」

「そんなことって……」と、あきれる大樹《だいき》を、拓実《たくみ》はほほえんで見守《みまも》っていた。

（よかった……）

「拓《たく》ちゃんも！　おれと交代《こうたい》！」

王子《おうじ》の衣装《いしょう》をかかえた岩木《いわき》に、うでをひっぱられる。

幕《まく》が上《あ》がり、最後《さいご》の場《ば》だ。

菜月《なつき》が着《き》ていたワンピースではなく、ここから切《き》りかわった衣装《いしょう》——罪人《ざいにん》の白《しろ》い服《ふく》になった順《じゅん》は、少女役《しょうじょやく》として、ステージのすみに立《た》っていた。菜月《なつき》は今《いま》、もともとの役《やく》だった花《はな》の精《せい》の衣装《いしょう》に着《き》がえ中《ちゅう》だ。

ステージの中央《ちゅうおう》では、いかにもきらきらな王子様《おうじさま》、といったかっこうの拓実《たくみ》が、照《て》れを捨《す》ててひらきなおったようすで、自己紹介《じこしょうかい》をしている。

『わたくしは、ミシェル国《こく》の王子《おうじ》。最近《さいきん》、何者《なにもの》かがわたくしの命《いのち》をねらっている、といううわさがあり、父上《ちちうえ》はわたくしを外《そと》に出《だ》したがらない。

でもわたくしは、そんなおどしに負《ま》けるような、弱虫《よわむし》ではない！』

森《もり》へ狩《か》りに出《で》た王子《おうじ》は、泣《な》きながら歩《ある》いてくる少女《しょうじょ》に話《はな》しかける。

『どうしたんだい、おじょうさん。何《なに》が悲《かな》しいの？』

けれど少女《しょうじょ》が何《なに》もしゃべらないので、王子《おうじ》はおどけ、楽《たの》しい歌《うた》を歌《うた》ってみせる。あの『玉子《たまご》の歌《うた》』を。

『♪玉子《たまご》にささげよう　Beautiful《ビューティフル》 words《ワーズ》　言葉《ことば》をささげよう』

少女《しょうじょ》と王子《おうじ》は手《て》をとりあい、ダンスしながらデュエットする。

『♪玉子《たまご》の中《なか》には　しらけた白身《しろみ》と　不気味《ぶきみ》な黄身《きみ》

だめ　だめ　そうじゃない　わってしまったら　すべてがおじゃん』

王子《おうじ》の楽《たの》しい歌《うた》に、子《こ》どもたちが夢中《むちゅう》になっている。

王子役《おうじやく》の拓実《たくみ》は、本当《ほんとう》にかっこよかった。音楽《おんがく》が好《す》きなだけに、リズム感《かん》もよく、歌《うた》もうまい。そして、さわやかでやさしい声《こえ》をしている。

ママに思《おも》いを伝《つた》えられ、すっきりと体《からだ》が軽《かる》くなった気《き》がして、順《じゅん》はのびのびと歌《うた》えた。

『♪手《て》のひらにのせて　そっと語《かた》りかけてごらんよ
　むねの中《なか》　ひめていた　気持《きも》ちを　言葉《ことば》に』

（ああ……呪《のろ》いなんて、本当《ほんとう》になかったんだ。呪《のろ》いをかけていたのは、わたし。ひとりで玉子《たまご》の中《なか》に閉《と》じこもっていたのは、わたし自身《じしん》……）

ふたりがステージを去《さ》ると、ナレーションが知《し》らせた。

『王子様《おうじさま》と出会《であ》ったことで、少女《しょうじょ》の中《なか》に愛《あい》の言葉《ことば》が生《う》まれていきます。けれども、しゃべることのできない少女《しょうじょ》は、それを伝《つた》えることができません』

やがて、順《じゅん》の少女《しょうじょ》は、処刑台《しょけいだい》の十字架《じゅうじか》につながれた。「少女《しょうじょ》が王子《おうじ》を暗殺《あんさつ》しようとしている」と、玉子《たまご》が村人《むらびと》たちにウソを教《おし》えたからだ。

まさに火《ひ》あぶりにされようとしたとき、王子《おうじ》が処刑台《しょけいだい》にかけよる。

少女《しょうじょ》をしばっているロープを切《き》ると彼女《かのじょ》の前《まえ》に立《た》ち、かばうように両手《りょうて》を広《ひろ》げて、王子《おうじ》は村人《むらびと》たちによびかけた。

『この子《こ》はわたくしの暗殺者《あんさつしゃ》じゃない！　ただ話《はな》せないだけで、本当《ほんとう》は明《あか》るい、いい子《こ》なんだ！』

それはかつて、拓実《たくみ》が順《じゅん》にくれた、美《うつく》しい言葉《ことば》だった。枯《か》れ果《は》てた砂漠《さばく》のような心《こころ》にしみわたって、花《はな》を咲《さ》かせる雨《あめ》のような……命《いのち》をあたえてくれる言葉《ことば》だったのだ。

（教《おし》えてくれて、ありがとう……坂上《さかがみ》くん）

顔《かお》をおおい、声《こえ》が出《だ》せないまま泣《な》きくずれる演技《えんぎ》をする順《じゅん》に、ナレーションがかぶさる。

『王子《おうじ》のやさしい言葉《ことば》に、少女《しょうじょ》の目《め》からなみだがこぼれます。すると、少女《しょうじょ》の中《なか》から、心《こころ》の声《こえ》があふれだしました』

王子《おうじ》と村人《むらびと》たちにかこまれて、処刑台《しょけいだい》の上《うえ》でひざまずき、順《じゅん》の少女《しょうじょ》はソロで歌《うた》いはじめた。メロディーは『悲愴《ひそう》』第二楽章《だいにがくしょう》。

『♪心《こころ》はさけばない　伝《つた》えたいこと　あった気《き》がするの』

すると、その声《こえ》にこたえて、少女《しょうじょ》のかたわらに片《かた》ひざをついた拓実《たくみ》の王子《おうじ》も、ソロで歌《うた》う。夢見《ゆめみ》るような『Over《オーバー》 the《ザ》 Rainbow《レインボウ》』のメロディーで。

『♪心《こころ》をさけんでごらん　こわがらずに　大《おお》きな声《こえ》で』

そして、同時《どうじ》にそれぞれの歌《うた》を歌《うた》い、重《かさ》ねた。

『(少女《しょうじょ》)♪だけど　もうとどかない　ならば　別《わか》れの言葉《ことば》もいらない
(王子《おうじ》)♪あなただけの言葉《ことば》が　この世界《せかい》を　かがやかせるよ』

歌《うた》いながら、王子《おうじ》が少女《しょうじょ》の手《て》をとり、立《た》ちあがらせる。

そして、ふたつの歌《うた》は、ハッピーなひとつになった。少女《しょうじょ》がソロで、王子《おうじ》がくれた幸《しあわ》せのメロディーを歌《うた》う。

『♪あなたの名前《なまえ》よぶよ　やさしいあなたの　名前《なまえ》よぶよ』

間奏《かんそう》のあいだに、村人《むらびと》たちや、花《はな》の精《せい》や鳥《とり》たちも集《あつ》まってきた。少女《しょうじょ》はむねに手《て》を当《あ》てて、王子《おうじ》を見《み》つめ、また悲《かな》しいメロディーで歌《うた》う。

『♪心《こころ》がさけびだす　あなたのとなりで　見《み》る世界《せかい》は』

すると、王子《おうじ》も村人《むらびと》たちも、花《はな》の精《せい》たちも鳥《とり》たちも歌《うた》を重《かさ》ね、クライマックスの大合唱《だいがっしょう》がひびきわたる。

『（少女《しょうじょ》と村人《むらびと》たち）　♪すべてが美《うつく》しい　悲《かな》しい過去《かこ》も　なみだのあとも
（王子《おうじ》と花《はな》や鳥《とり》）　♪あなたに教《おし》えられた　とても美《うつく》しいこの世界《せかい》
（少女《しょうじょ》と村人《むらびと》たち）　♪わたしはさけぶから　あなたに出会《であ》い　生《う》まれた気持《きも》ち
（王子《おうじ》と花《はな》や鳥《とり》）　♪この世界《せかい》をだきしめるよ　全部丸《ぜんぶまる》ごと　だきしめるよ』
玉子《たまご》や悪《わる》い妖精《ようせい》たちも出《で》てきた。
『（少女《しょうじょ》の悲《かな》しい歌《うた》）　♪すべてを愛《あい》してる　あなたがくれた　この世界《せかい》を
（王子《おうじ》の明《あか》るい歌《うた》）　♪あなたを愛《あい》してる　あなたをこんなに　愛《あい》してる』
ステージの真《ま》ん中《なか》で少女《しょうじょ》の順《じゅん》、王子《おうじ》の拓実《たくみ》、花《はな》の精《せい》の菜月《なつき》、玉子《たまご》の大樹《だいき》の四人《よにん》が、ひとつになったハッピーな歌《うた》を歌《うた》う。まわりで、出演者全員《しゅつえんしゃぜんいん》も同《おな》じ歌《うた》で声《こえ》をそろえる。
『♪心《こころ》をさけんでごらん　こわがらずに　大《おお》きな声《こえ》で
あなただけの言葉《ことば》が　この世界《せかい》を　かがやかせるよ』
順《じゅん》の少女《しょうじょ》と玉子《たまご》の大樹《だいき》、拓実《たくみ》の王子《おうじ》と菜月《なつき》の花《はな》の精《せい》が、手《て》をつなぐ。そして、少女《しょうじょ》と王《おう》子《じ》もしっかりと手《て》をつないだ。
みんなが、笑顔《えがお》で、フィナーレをむかえられた。

伴奏《ばんそう》が一段《いちだん》と大《おお》きくなり、出演者全員《しゅつえんしゃぜんいん》が一礼《いちれい》する。観客席《かんきゃくせき》から、大《おお》きな拍手《はくしゅ》がわきおこった。

なみだにぼやける順《じゅん》の視界《しかい》の中心《ちゅうしん》で、母《はは》の泉《いずみ》が目元《めもと》をぬぐいながら、いっしょうけんめい手《て》をたたいていた。そして、泣《な》きくずれる。

幕《まく》が下《お》り、袖《そで》にもどってきたみんなを、城嶋先生《じょうしませんせい》が、満足《まんぞく》そうな表情《ひょうじょう》とあたたかい拍手《はくしゅ》でむかえた。観客席《かんきゃくせき》の拍手《はくしゅ》が、いつまでも鳴《な》りやまない。

「ほら、アンコールだぞ」

「地域《ちいき》ふれあい交流会《こうりゅうかい》」のミュージカル『青春《せいしゅん》の向《む》こう脛《ずね》』は、大成功《だいせいこう》だった。

翌日《よくじつ》、揚羽高校《あげはこうこう》の屋上《おくじょう》で、実行委員《じっこういいん》の四人《よにん》は、反省会《はんせいかい》をおこなった。でも、「終《お》わりよければすべてよし」以外《いがい》の意見《いけん》は出《で》なかった。

気持《きも》ちのいい脱力感《だつりょくかん》。さわやかな風《かぜ》。立《た》ちあがった順《じゅん》は、ぼんやりと、街《まち》をかこむ山《やま》をながめていた。すると、ほかの三人《さんにん》もならんで立《た》つ。

大樹《だいき》が、ぽつり、とつぶやいた。

「終《お》わったな……」

けだるそうに、拓実《たくみ》が同意《どうい》する。

「だな……」

「おれは来週《らいしゅう》からまた、野球《やきゅう》づけだ」

自由《じゆう》になった右《みぎ》うでを青空《あおぞら》へつきあげ、大樹《だいき》がいきなりさけぶ。

「こんどこそ、ぜったい、甲子園《こうしえん》行《い》くぞーっ」

「青春《せいしゅん》くさっ」と拓実《たくみ》がふきだす。大樹《だいき》がすねた。

「悪《わる》いかよ」

「いや、別《べつ》に」

菜月《なつき》が提案《ていあん》した。

「じゃあ、最後《さいご》に、みんなでさけんじゃう？」

「仁藤《にとう》!?」

拓実《たくみ》があきれるが、順《じゅん》はうれしくなって、手《て》をあげた。

「賛成《さんせい》！」

大樹《だいき》が拓実《たくみ》をこづく。

「おまえだけ、やらねぇの？」

しぶしぶ、といったようすで、拓実《たくみ》が承知《しょうち》する。

「わかったよ」

「よし」と大《おお》きく息《いき》をすった大樹《だいき》がさけんだ。

「──成瀬順《なるせじゅん》、好《す》きだあーっ」

順《じゅん》はこしがぬけるかと思《おも》った。よろめいて、大樹《だいき》をまじまじと見《み》る。大樹《だいき》が赤面《せきめん》した。

(え？　いつから？　なんで、わたし？)

拓実《たくみ》を鈍感《どんかん》だなんて言《い》えそうにない。鼓動《こどう》が速《はや》くなってきた。

「へっ⁇」

「告白《こくはく》⁉」

と、いっしゅん間《ま》をおいてから、同時《どうじ》に大声《おおごえ》をあげた拓実《たくみ》と菜月《なつき》もあっけにとられている。はずかしさのあまりか、耳《みみ》まで真《ま》っ赤《か》になっている大樹《だいき》が、三人《さんにん》に抗議《こうぎ》した。

「おまえら、なんで！」

「なんでって、自分《じぶん》で勝手《かって》にフライング――」

ぶつぶつ言《い》う拓実《たくみ》を、せきばらいでだまらせ、大樹《だいき》があらためてしきりなおす。

「じゃ、もう一回《いっかい》、行《い》こうっ」

四人《よにん》は、せーの、と声《こえ》をあわせ、思《おも》いの丈《たけ》を、山《やま》にむかってさけんだ――。

いろんな気持《きも》ちを閉《と》じこめて
ぶつかって爆発《ばくはつ》して
そして生《う》まれたこの世界《せかい》は
思《おも》ったよりきれいなんだ

【おわり】

Shogakukan Junior Bunko

★小学館ジュニア文庫★
実写映画ノベライズ版 心が叫びたがってるんだ。

2017年 7 月24日 初版第1刷発行

著者／時海結以
原作／超平和バスターズ
監督／熊澤尚人
脚本／まなべゆきこ

発行人／立川義剛
編集人／吉田憲生
編集／楠元順子

発行所／株式会社 小学館
〒101-8001 東京都千代田区一ツ橋2－3－1
電話 編集 03-3230-5455
販売 03-5281-3555

印刷・製本／加藤製版印刷株式会社

デザイン／山本ユミ〔らぴデジニュ〕

Printed in Japan ISBN 978-4-09-231183-1